Ronald Hartmann

Bergedorf – die Schatzsuche
Teil 2

1901-2012

Wenn das Gebäude in Flammen steht,
mache ich mich nicht an die Spitzbuben,
die das Hausgerät stehlen!
Ich lösche zuerst das Feuer.

Georges Jacques Danton

Bibliografische Information der Deutschen Nationalbibliothek:
Die Deutsche Nationalbibliothek verzeichnet diese Publikation in der Deutschen Nationalbibliografie; detaillierte bibliografische Daten sind im Internet über http://dnb.dnb.de abrufbar.

Herstellung und Verlag: BoD – Books on Demand, Norderstedt

ISBN: 978-3-7386-0862-5

Vorwort

Die Schatzsuche geht, wie versprochen, weiter. Viele offene Fragen blieben zum Abschluss des ersten Teils ungeklärt und werden natürlich auch Grundlage des zweiten Teils sein. Sie erinnern sich?

Die Wanderschaft des Handwerksburschen Georg Hartmann aus Franken hatte ihn im Jahre 1842 nach Hamburg geführt. Nach einigen Tagen, in denen er als Tagelöhner gearbeitet hatte, erlebte er den großen Hamburger Brand unmittelbar als Löschhelfer mit. Er verlor dabei seine Freunde und überlebte schwer verletzt. Bei dem Brand konnte er eine große Anzahl von Goldmünzen an sich bringen, die er in Bergedorf in der Nähe des Serrahn vergrub. Den Ort hatte Georg auf einer Schatzkarte festgehalten.

Diese Schatzkarte ging nach dem Tod Georgs in den Besitz der in Bergedorf ansässigen Familie Stein über.

Bei der Silvesterfeier des Jahres 1900 im „Colosseum" in Bergedorf wurden drei zwielichtige Gestalten (Titus, Franz und Thomas von Gellern) auf den Schatz und auf die 16-jährige Tochter Dora Stein aufmerksam, als ihr Vater lautstark die Geschichte des Bergedorfer Schatzes am Tisch erzählte. Die Schatzkarte hatte sich über einige Generationen hinweg in ihrem Besitz befunden. Keiner wusste, wo genau der Schatz vergraben worden war. Nur die Hinweise der mündlichen Überlieferung der Vorfahren sowie zweier Goldmünzen zeugten von der Echtheit der Geschichte. Alle waren begeistert, ganz besonders Titus und Franz.

Am Weihnachtsfest des Jahres 1901 wurde die Familie Stein dann Opfer eines Raubüberfalls, der von zwei brutalen Halsabschneidern durchgeführt wurde. Thomas von Gellern, der zum Überfall genötigt worden war, hatte sich kurz vor dem Überfall der Polizei und Friedrich Stein offenbart, damit Titus und Franz eine Falle gestellt werden konnte.

Bei dem brutalen Überfall wurde die Schatzkarte jedoch nicht gefunden, weil Friedrich Stein diese versteckt hatte. Der einzige Hinweis, der während des Überfalls hinzukam, war ein Ausspruch Friedrich Steins:

„Nach der Karte könnt ihr lange suchen. Ihr werdet sie aber nie finden: Jules Verne wird schon dafür sorgen!"

Kurz darauf hatte Friedrich Stein einen harten Schlag auf den Kopf bekommen, sodass er bewusstlos zusammenbrach und seitdem an Amnesie litt. Er konnte sich weder an das Versteck noch an seinen Ausspruch erinnern.

Was hatte es mit Jules Verne auf sich?

Eine weitere offene Frage, die Sie vermutlich interessieren wird:

Was wurde aus Thomas von Gellern und Dora Stein?

Die wichtigste Frage bleibt allerdings: Wo war der Schatz?

War alles nur ein Hirngespinst, eine spannende Räubergeschichte oder ganz einfach nur „Tüünkram"?

Lassen Sie sich überraschen und gehen Sie mit auf Schatzsuche.

Inhaltsverzeichnis

1. Kapitel Jules Verne

Aufmerksamen Lesern des ersten Teils der Schatzsuche war sicherlich aufgefallen, dass Thomas Stein eine größere Büchersammlung, auch zeitgenössischer Literatur, besaß. Da er durch die Geschichten seines Großvaters und Urgroßvaters sowieso gerne fantastische und spannende Geschichten hörte, die ihn teilweise in eine Fabelwelt entführten, war er natürlich auch den fantastischen Geschichten über „Kapitän Nemo" oder „die Reise zum Mond" oder „zum Mittelpunkt der Erde" gegenüber sehr aufgeschlossen.

Bevor der geplante Überfall in seinem Haus von Titus und Franz ausgeübt wurde, nahm er die Schatzkarte und den Brief aus der Schatulle im Wohnzimmerschrank und griff sich ein Buch aus dem Bücherregal.

Dieses Buch, das er bereits einige Male gelesen, nein: verschlungen hatte, schlug Friedrich Stein auf, blätterte zur Seite 18 und legte die Schatzkarte zwischen die Seiten 18 und 19. Er drehte sich um und vergewisserte sich, dass ihn keiner beobachtet hatte und ging zu seinem Sekretär. Er nahm den Behälter mit Holzleim heraus und einen Pinsel. Friedrich setzte sich an seinen Schreibtisch und begann, fein säuberlich die Ränder der Seiten 18 und 19 jeweils mit einer dünnen Schicht von Holzleim zu bestreichen. Es durfte kein Tropfen Leim aus den Seiten herausquellen, da es ansonsten schnell aufgefallen wäre.

Nachdem er die Seiten fest zusammengedrückt hatte und mehrmals das Buch auf- und – unter Druck – auch wieder zugemacht hatte, war er mit seiner Arbeit zufrieden. Im Buch konnte nur jemand einen Fehler erkennen, wenn er dieses las und dabei bemerkte, dass ein Teil der Geschichte fehlte. Dass zwischen den beiden Seiten die Schatzkarte und der Brief Krützmanns fein säuberlich lag, war kaum spürbar. Die Seite 18 wählte er als Gedankenstütze, weil Dora gerade 18 geworden war, und die Seite 19, weil das Jahr 1901 gerade zu Ende ging.

So konnte die Schatzkarte auf keinen Fall in die Hände der beiden Halunken geraten, die Friedrich von Gellern erpressten und die auch vor einem Mord nicht zurückschreckten. Nur die beiden Goldmünzen ließ Friedrich Stein in der Schatulle zurück und er war sich sicher, wie immer der Überfall auch laufen würde, den Halunken ein Schnippchen geschlagen zu haben.

Leider kam es dann ja doch anders. Durch den harten Schlag auf den Hinterkopf verlor Thomas Stein sein Gedächtnis und er war nicht mehr derselbe, der er früher gewesen war. Da er sich niemandem offenbart hatte, konnte auch

keiner etwas über den Verbleib der Karte sagen. Die Schatzkarte blieb verschwunden.

Mit der Zeit verblasste dann auch langsam die Erinnerung an
die Geschichte des Schatzes. Nur einen ließ die ganze Sache nicht zur Ruhe kommen. Nein, nicht Thomas von
Gellern. Dieser arbeitete an seiner Beziehung zu Dora und
war besonders bemüht, Friedrich Stein zu unterstützen. Er
gewann das Vertrauen der Familie Stein zurück und Friedrich
war mit den Jahren froh, einen solchen Schwiegersohn bekommen zu haben. Thomas von Gellern hatte auf Anraten
der Ärzte den Überfall auch nie wieder angesprochen, da die
Gefahr bestand, dass sich dies negativ auf die Gesundung
Friedrich Steins auswirken könnte.

Für eine Person hatte die gesamte Geschichte allerdings ein
Nachspiel – Titus!

Nicht nur, dass er mit einem zerschmetterten Knie für die
nächsten zehn Jahre im Gefängnis saß, nein, in seinen
schlaflosen Nächten holten ihn die Ereignisse um den Einbruch am Heiligabend immer wieder ein, und er hatte immer
wieder nur den Namen „Jules Verne" im Kopf. Thomas von
Gellern hatte ihn und Franz verraten – dessen war er sich
absolut sicher. Aber wer war dieser Jules Verne? Diesen Kerl
musste er ausfindig machen. Das war natürlich nicht einfach,
wenn man im Gefängnis saß. Doch zehn Jahre vergehen,
Hass aber vergeht nicht.

Wichtig war nur, die zehn Jahre hier im Gefängnis zu überle-
ben – der Rest würde sich dann finden.

2. Kapitel   Titus' Entlassung

Über diverse Mittelsmänner und Knastfreunde des „Central-Gefängnisses Fuhlsbüttel" hatte Titus herausgefunden, dass Thomas von Gellern und Dora nicht mehr in Bergedorf ansässig waren. Ebenso war Friedrich Stein im letzten Jahr überraschend verstorben. Viele mutmaßten, dass der plötzliche Tod mit dem damaligen Überfall zu tun gehabt haben könnte, bei dem Friedrich von Titus einen harten Schlag auf dem Kopf bekommen hatte und daraufhin unter Gedächtnisverlust litt, aber einen Zusammenhang konnte man Titus nicht nachweisen. Cecille Stein war auch nicht mehr auffindbar und war wohl mit ihrer Tochter und Thomas von Gellern unbekannt verzogen.

Der Tag der Entlassung kam näher und Titus konnte es nicht erwarten, dass die Gefängnistore sich hinter ihm wieder schlossen. Die zehnjährige Haftstrafe war nicht einfach zu bewältigen gewesen, da prügelnde Wärter und gewaltbereite Mithäftlinge an der Tagesordnung waren. Durch seine häufigen Haftstrafen hatte er sich allerdings auch ein kleines Netzwerk innerhalb des Gefängnisses aufgebaut, auf das er sich nach seinem erneuten Haftantritt verlassen konnte. Einige der übelsten Insassen des Gefängnisses hatten mit ihm gemeinsame Sache gemacht und er hatte schnell ein größeres Ansehen innerhalb des Zuchthauses.

Dieses Ansehen musste buchstäblich erkämpft werden, und es gab im ersten Jahr seiner Haftzeit auch einige unaufgeklärte Todesfälle im Central-Gefängnis. Ob und inwiefern Titus etwas damit zu tun gehabt hatte, konnte nicht bewiesen werden, aber seine Macht hinter den Gitterstäben wuchs. Seine Stellung im Gefängnis musste finanziert werden, und so hatte er schnell dafür gesorgt, dass er Zugriff auf seine gestohlenen und erschwindelten Gelder hatte, die er bei einem Bekannten in Lübeck hinterlegt hatte.

Gleich nach seiner Verhaftung hatte er sich über einen der Wärter, der natürlich die Hand aufhielt, mit dem Lübecker in Verbindung gesetzt und bat um regelmäßige Zuteilung von Geldbeträgen. Diese Beträge wurden zum Schmieren der „Kerkermeister" und zum Bezahlen von „Freundschaften" benötigt. Ohne Geld hätte er diese zehn Jahre nicht überlebt.

„Titus Mayer, Sie haben Ihre Haftstrafe verbüßt und werden mit dem heutigen Tag aus dem Central-Gefängnis entlassen. Kommen Sie mit!", sagte der Wächter. „Los, bewegen Sie sich!"

Titus biss auf die Zähne. Es machte keinen Sinn, sich am letzten Tag noch zu etwas hinreißen zu lassen, und so presste er noch ein „Jawoll, Herr Wachtmeister" hervor.

Bei der Ausgabe erhielt er seine Schuhe, seinen Mantel, Pullover und seine Hose, mit einem Loch in Höhe des Knies, zurück. Wieder musste er an den missglückten Überfall auf die Familie Stein denken, bei dem seine Kniescheibe zerschossen worden war. Er zog sich seine Klamotten an und musste feststellen, dass alles viel zu weit war. Als Erstes musste er sich also eine neue Garderobe besorgen, die vermutlich sein letztes Geld verschlingen werden würde. Danach würde er sich umgehend nach Lübeck begeben und abklären, wie hoch seine hinterlegte Barschaft noch war.

Nachdem sich die Gefängnistore hinter ihm geschlossen hatten, begab er sich umgehend in die Innenstadt. Er musste feststellen, dass sich in den vergangenen Jahren viel getan hatte. Es gab jetzt eine Untergrundbahn und seit dem 05.12.1906 auch einen neuen Hauptbahnhof.

(Rödingsmarkt)

In der Bahn wurde er bereits merkwürdig von der Seite angesehen. Er stieg am Rödingsmarkt aus und suchte nach einem Herrenausstatter. Fündig wurde er schließlich im Kaufhaus Schurig. Nachdem er sich neu eingekleidet auf den Weg zum neuem Hauptbahnhof machte, fiel sein Blick zufällig auf die Auslage einer Buchhandlung, in der plakativ die neuesten Kassenschlager ausgestellt wurden.

J U L E S   V E R N E – Die Reise zum Mittelpunkt der Erde

Titus' Hände begannen zu zittern. Was für ein Idiot bin ich bloß gewesen. Jules Verne war keine Person im herkömmlichen Sinn gewesen, sondern ein Schreiberling, ein Schriftsteller. Titus öffnete die Tür der Buchhandlung und betrat den Laden.

„Moin, Sie haben im Schaufenster Bücher eines gewissen Jules Verne stehen. Können Sie mir etwas zu diesem Schriftsteller sagen? Wo kommt er her? Welche Bücher hat er bisher geschrieben?"

„Also, Jules Verne ist einer der gefragtesten Autoren, lebt in Frankreich und hat schon viele Bücher geschrieben. Ich gebe Ihnen gerne eine Liste seiner Werke", bot der geschäftstüchtige Buchhändler Titus an.

„Gerne, und packen Sie mir das Buch gleich mit ein. Welches Buch von Jules Verne ist vor zehn Jahren beliebt gewesen?"

„Da gibt es einige. Schauen Sie am besten in die Liste, in denen die Buchtitel jeweils mit dem Veröffentlichungsjahr mit aufgeführt sind. Wenn Sie ein Buch suchen, können Sie es so eingrenzen."

Oh ja, und wie ich ein Buch suche, dachte Titus. Er erinnerte sich an die große Bücherwand im Arbeitszimmer von Friedrich Stein und an dessen letzten Ausspruch:

„Die Karte werdet ihr nie finden. Jules Verne wird schon dafür sorgen."

Ihm wurde schlagartig alles klar. Die Karte, die nicht mehr in der Schatulle gewesen war, war in einem der Jules-Verne-Bücher versteckt worden. Titus bezahlte das Buch, erhielt die Liste und bedankte sich beim Buchhändler.

Sein nächster Weg war der zum Hauptbahnhof, wo er von seinem letzten Geld eine Karte nach Lübeck löste. Am späten Abend erreichte er die Hansestadt Lübeck und begab sich umgehend zu seinem Bekanntem Jan-Hendrik Berrildsen, dem Bewahrer und Bewacher seiner letzten Geldreserven. Berrildsen war im Geldverleih tätig und hatte Titus versprochen, nach seiner Inhaftierung sein Geld anzulegen und zu verzinsen, natürlich gegen eine Bearbeitungsgebühr.

Kurz vor Mitternacht erreichte er die Wohnung von Berrildsen und klingelte. Nach einiger Zeit hörte Titus Geräusche und leises Fluchen hinter der Tür, der Schlüssel drehte sich im Schloss und die Tür öffnete sich. Berrildsen starrte Titus entgeistert an.

„Titus, du? Wo kommst du denn um diese Zeit her? Seit wann bist du denn raus? Warum hast du denn nicht gesagt, dass du rauskommst? Komm erst einmal rein."

„N'abend Jan. Kann ich heute bei dir übernachten? Ich habe kein Geld mehr und brauche erst einmal ein Bett und morgen mein Geld."

„Klar, Titus, und mit deinem Geld werden wir morgen mal sehen."

„Nicht mal sehen, ich brauche mein Geld – morgen!"

„Titus, lass uns das morgen besprechen. Schlaf erst einmal 'ne Runde, und dann schauen wir morgen früh weiter. Einverstanden?"

„Na gut", knurrte Titus. „Hast du noch was zu essen und zu trinken?"

„Schau mal hinten in der Speisekammer, dort müsste noch Schinken, Brot und auch Bier sein. Du kannst hier auf der Chaiselounge schlafen. Eine Decke bringe ich dir noch."

Nachdem Berrildsen sich wieder schlafen gelegt hatte und Titus seinen Hunger und Durst befriedigt hatte, legte sich Titus ebenfalls hin. In seinem Kopf drehte sich alles um Jules Verne, die Schatzkarte von Thomas von Gellern und sein

Geld. Irgendwann schlief Titus aber doch ein und wurde früh morgens von Berrildsen geweckt.

„Moin Titus, mach dich frisch und lass uns dann frühstücken. Danach haben wir einiges zu besprechen."

„Besprechen? Ich will mein Geld", grunzte Titus.

Er machte sich schnell frisch und setzte sich zu Berrildsen an den Frühstückstisch.

„Titus, du weißt, dass ich als Geldverleiher arbeite und somit auch mit deinem Geld arbeite. Nur so kann ich dir einen guten Zinssatz bieten und dein Geld verwalten", erklärte Berrildsen.

„Wann kann ich mein Geld bekommen?", fragte Titus.

Seine Gesichtsfarbe tendierte langsam Richtung rot.

Nach einem kurzen Blick in seine Bücher sagte Berrildsen:

„Aktuell hast du ein Guthaben von knapp 1000 Mark. Hiervon kann ich dir sofort 400 Mark auszahlen, den Rest innerhalb von einer Woche. Dein Geld ist ja momentan im Verleihgeschäft."

„Jan, du bist mein Freund und ich vertraue dir. Bei Geld hört allerdings die Freundschaft auf. Ich brauche das Geld, weil ich etwas herauskriegen muss. Ich muss schnellstmöglich wieder zurück nach Hamburg. Außerdem suche ich drei Personen. Vielleicht kannst du mir ja sogar helfen. Du hast doch auch deine Informanten. Gib mir erst einmal 500 Mark und behalte den Rest vorerst unter deiner Verwaltung. Versuche einmal, etwas über einen Thomas von Gellern, Dora sowie Cecille Stein herauszubekommen. Bis 1900 haben die in Bergedorf gelebt, bevor sie unbekannt weggezogen sind.

Cecille Stein lebte bis 1909 noch in Bergedorf, dann verstarb ihr Mann und ich nehme an, dass sie zu ihrer Tochter gezogen ist. Vielleicht bekommst du ja etwas raus?"

„Um was geht es denn?", fragte Berrildsen. „Ich brauche Informationen für die Suche."

„Das geht dich nichts an! Suche die drei und versuche, sie zu finden. Es soll dein Schaden nicht sein. Ich werde mich wieder bei dir melden. Gib mir jetzt erst einmal 500 Mark."

„Wie ich dir sagte, habe ich nicht so viel Bargeld in der Wohnung. 400 Mark kann ich dir sofort geben, die restlichen 100 Mark heute Abend.

„Dann gib mir halt die 400 Mark und setz ein Schreiben auf, wie viel ich noch als Restguthaben bei dir hinterlegt habe. Ich mache mich sofort auf den Weg nach Bergedorf. Ich werde im Gasthof „Zum alten Bahnhof" erreichbar sein.

Gasthof „Zum alten Bahnhof"

Titus wartete noch, bis Berrildsen ihm die 400 Mark und den Restschuldschein aushändigte, verabschiedete sich und fuhr auf dem schnellsten Weg nach Bergedorf.

3. Kapitel   Mechthild

Titus befand sich seit einigen Tagen in Bergedorf, um zu recherchieren, wo Thomas von Gellern, Dora und Cecille Stein hingezogen waren. Er fand heraus, dass das Haus im letzten Jahr, nach dem Tod Friedrichs, verkauft worden war. Die Möbel wurden vom neuen Eigentümer mit übernommen, jedoch fehlte von den Büchern jegliche Spur. Das Haus wurde vom neuen Eigentümer Staunau & Jacobi möbliert vermietet.

Staunau & Jacobi
Haus- und Hypothekenmakler
Bergedorf, Kampstraße 9—11.
Fernsprecher 19 und 156.

**Villen, Geschäftshäuser
Bauplätze, Industrie-Terrains.**

Titus betrat, nachdem er höflich an die Tür geklopft hatte, die Räume des Immobilienmaklers und versuchte, seinen Charme bei der Sekretärin vom Makler wirken zu lassen, um etwas herauszufinden – und hatte Erfolg. Die Dame, mittleren Alters, war für kleine Komplimente und Aufmerksamkeiten ausgesprochen empfänglich. Die Sekretärin Mechthild Schwabe teilte ihm „im Vertrauen" mit, dass die letzte Geldüberweisung an Frau Stein nach Bremerhaven erfolgt worden war.

Bremerhaven? Was zum Teufel wollte die alte Stein in Bremerhaven? Der Sache wollte er weiter nachgehen und sich Mechthild auf jeden Fall warmhalten.

„Schöne Frau, ich muss mich jetzt leider verabschieden. Ich bin mir absolut sicher, dass wir uns in Kürze wiedersehen", verabschiedete sich Titus augenzwinkernd von Mechthild.

Abends wartete er mit einem Blumenstrauß auf Mechthild. Sie errötete bis zur letzten Haarspitze und sie verbrachten gemeinsam einen schönen, für Mechthild aufregenden, Abend.

In der Zwischenzeit hatte Berrildsen sich telefonisch bei Titus gemeldet und ihm mitgeteilt, dass eine Cecille Stein in der Nähe von Bremerhaven lebte. Ein Thomas von Gellern und eine Dora Stein waren allerdings nicht zu finden.

Titus rieb sich die Hände. Endlich eine Spur! Die Frau vom alten Stein wird bestimmt wissen, wo die Schatzkarte versteckt war oder würde wenigstens etwas über den Verbleib der Jules-Verne-Bücher sagen können. Titus ging nicht unbedingt davon aus, das Frau Stein den gesamten Bücherbestand mit nach Bremerhaven genommen hatte. Das würde sie ihm aber sicherlich, „mit kleinem Nachdruck", bei einem kleinen Besuch erzählen. Sie würde auch wissen, wo ihre kleine Tochter und ihr Galant lebten.

Es war lausig kalt in Bergedorf geworden und es ging wieder auf Weihnachten, das Fest der Liebe, zu. Titus beschloss, noch kurz bei Mechthild vorbeizuschauen. Er würde einige Tage nicht in Bergedorf sein und er wollte sie sich warmhalten. Wer weiß, wofür er sie noch gebrauchen konnte. Er zog sich seinen langen warmen Mantel an und verließ nach einem ausgiebigen Frühstück und einem Telefonat mit Berrildsen das Gasthaus.

Titus teilte Berrildsen mit, dass er den Schuldschein in Bergedorf bei der Bank einlösen würde, weil er für seine Nach forschungen Geld brauchte. Er könne seine Auslagen von dem Rest abziehen, aber 400 Mark würde er einlösen.

Draußen empfing ihn ein eiskalter, schneidender Wind. Er zog den Mantelkragen hoch und ging das kurze Stück vom „Zum alten Bahnhof" am Gasthof „Zur Sonne" vorbei zur Kampstraße. Dort betrat Titus die dort ansässige Bank, löste von seinem Schuldschein 400 Mark ein und begab sich zur Hausnummer 9-11.

Kampstraße (heute Weidenbaumsweg)

Er betrat den Hauseingang 9-11 und begab sich in das Obergeschoss, in dem die Büros der Makler Staunau & Jacobi beherbergt waren. Er klopfte und betrat den Raum.

„Guten Morgen, Frau Schwabe, wir hatten gestern bereits kurz miteinander gesprochen. Ich interessiere mich für eine kleine Wohnung in Bergedorf und Sie können mir sicherlich helfen."

Völlig verstört sah Mechthild Schwabe Titus an, da sie mit seinem Besuch nicht gerechnet hatte. Aus dem Nebenbüro rief eine Stimme, die zu ihrem Chef gehörte:

„Frau Schwabe, vereinbaren Sie einen Termin mit dem Herrn, ich führe gerade ein dringendes Telefonat", und die Tür schloss sich.

„Titus, was willst du denn hier?"

„Freust du dich denn gar nicht, mich zu sehen, Mechthild?"

„Dodoch, natürlich", stotterte Mechthild verlegen und ihr Kopf erblühte in einem karminrosa.

„Aber dein Besuch ist so überraschend. Du suchst wirklich in Bergedorf eine Wohnung?"

„Aber ja, Bergedorf gefällt mir ausnehmend gut, und du natürlich umso mehr. Ich bin lange umhergereist und möchte jetzt langsam sesshaft werden. Ich habe mir gerade meine Provision auszahlen lassen."

Er zeigte wie zufällig seine prallgefüllte Brieftasche. „Ich suche hier eine Bleibe. Was liegt da näher, als bei meiner Herzensdame nachzufragen, die in diesem Metier tätig ist?"

„Oh Titus, das wäre schön. Dann könnten wir uns ja öfter sehen."

„Aber klar doch. Vielleicht sollten wir uns heute Abend treffen. Ich habe um acht Uhr einen Tisch im Gasthof „Zur Sonne" bestellt. Dann kann ich dir von meinen weiteren Plänen erzählen."

„Weitere Pläne, Titus, du machst mich neugierig."

„Wie ich schon sagte, ich möchte hier in Bergedorf bleiben. Allerdings muss ich meinen Lebensunterhalt verdienen. Ich habe die Möglichkeit, ein Patent zu erwerben. Diese Erfindung wird bahnbrechend sein, sodass ich dieses Produkt

über Bergedorf in ganz Hamburg verkaufen kann. Allerdings benötige ich dafür Geld. Du siehst..." – er zeigte abermals seine Brieftasche – „ich bin kein armer Schlucker und habe eine gut bezahlte Reise- und Verkaufstätigkeit. Diese würde ich extra für diese einmalige Chance aufgeben wollen. Allerdings fehlen mir noch 2000 Mark. Ich war vorhin bei der Bank. Für einen Kredit werden Sicherheiten benötigt, und ich bin erst seit Kurzem in Bergedorf. Erkundigungen über meine finanzielle Lage würden zwei bis drei Tage andauern und ebenso weitere zwei Tage bis zur Kreditvergabe. So lange kann ich aber nicht warten, da der Patentinhaber morgen meine Antwort will. Was soll ich bloß machen?"

In Mechthild arbeitete es. Sie fand Gefallen an Titus, an seiner Stärke, seinem Auftreten, und sein Umgarnen schmeichelte ihr. Sie war schließlich nicht mehr die Jüngste, und wenn sich als Mittvierzigerin noch die Chance bot, einen Mann zu angeln, dann ließ man ihn ungern wieder vom Haken!

„Ich gebe dir das Geld – ich habe gespart. Heute Abend bekommst du das Geld. Ich freue mich ja so!"

Titus musste nicht einmal Freude vorspielen, sodass ein breites Grinsen – Mechthild interpretierte es als glückliches Lächeln – über sein Gesicht zog.

„Wirklich? Mechthild, du bist ein Schatz! Nein", korrigierte er, „mein Schatz! Ich werde dir heute Abend jeden Wunsch von den Lippen ablesen."

Titus sah sich um – aus dem Nebenbüro erklang immer noch die sonore Stimme ihres Chefs –, ging hinter den Schreibtisch und küsste sie leidenschaftlich. Als er sie nach einem nicht enden wollenden Kuss aus seinen Armen entließ, flüsterte er ihr noch in ihr Ohr:

„Mechthild, ich liebe dich. Das werde ich dir heute Nacht beweisen. Bis später.“

Nachdem Titus am Nachmittag – ohne Erfolg – versucht hatte herauszufinden, ob in Bergedorfer Buchhandlungen oder Antiquariaten Bücher aus dem Besitz der Familie Stein angekauft worden waren, ging er zügigen Schrittes – es hatte zu schneien begonnen – zu seiner Unterkunft zurück. Er legte sich aufs Bett und ließ alles in Gedanken noch einmal Revue passieren.

Als Erstes würde er Bergedorf am nächsten Morgen, 2000 Mark reicher, den Rücken kehren. Dann würde er nach Bremerhaven reisen und Cecille Stein einen Besuch abstatten. Die Verlockung nach der Schatzkarte und seiner Rache waren übermächtig. Bei dieser Eiseskälte schmerzte sein rechtes Bein derart, dass er seine Hand in den Bettbezug krallte und leise zischte: „Thomas, ich kriege dich!“

Nach einem entspannten Abendessen und einer enthemmten gemeinsamen Nacht saßen beide am frühen Morgen auf dem zerwühlten Bett.

„Mechthild, danke für dein Vertrauen, ich werde in drei Tagen wieder zurück sein als Patentbesitzer und Generalbevollmächtigter.“

„Titus, drei Tage bist du weg? Wohin fährst du denn, und um was handelt es sich eigentlich?“

Wohlwissend, dass Titus mit diesen drei Tagen sich einen genügenden Vorsprung gesichert hatte, erhob er sich, nahm Mechthilds Gesicht in beide Hände und küsste sie sanft auf ihren Mund.

„Schätzchen, darüber sollst du dir nicht deinen hübschen Kopf zerbrechen. Das Patent ist ein Geheimnis, über das ich erst nach Rückkehr reden kann und will. Nicht, dass mir noch jemand bei dieser einmaligen Chance zuvorkommt. Ich werde größtenteils in Lübeck sein und mich telefonisch bei dir melden. Nach meiner Rückkehr sollten wir dann auch unsere gemeinsame Zukunft planen."

„Ja, mein Liebster", flüsterte sie heiser, und abermals gaben sie sich einander hin.

4. Kapitel   Nachforschungen

Nachdem sich Mechthild am frühen Vormittag tränenreich von Titus verabschiedet hatte, packte er seine Habseligkeiten und fuhr mit der Bahn nach Hamburg. Am neuen Hauptbahnhof löste er umgehend Umsteigetickets nach Bremerhaven und quartierte sich im Gasthof „Zum Reichsadler" am Marktplatz ein. Er setzte sich mit Berrildsen in Verbindung, um zu erfahren, ob es etwas Neues bei der Suche nach Frau Stein und/oder Thomas von Gellern gab. Berrildsen hatte nur herausgefunden, dass die Witwe Stein in Loxstedt wohnen solle.

Titus bedankte sich für die Information und erkundete erst einmal die nähere Umgebung des Markplatzes in Bremerhaven. Nichts ist für einen Ganoven wichtiger, als sich mit den Örtlichkeiten vertraut zu machen. Er fragte im Gasthof nach, wie er denn nach Loxstedt käme und erntete erst einmal Gelächter:

„Loxstedt ist groß, wo willste denn dort genau hin? Ich habe einen Lieferanten, der morgen in die Richtung fährt. Wenn du willst, kannste bei ihm aufm Bock mitfahren", sagte der Wirt.

„Das ist ein Wort – ich bin dabei! Wann geht's morgen früh los?"

„Der Bierlieferant kommt morgen in der Frühe gegen 6:00 Uhr. Wenn du mit willst, sei morgen früh hier. Der Fahrer freut sich über jede Mark, die er hinzuverdienen kann."

So kann es weitergehen, dachte sich Titus. Eine Fahrgelegenheit und Informationen aus erster Hand vom Wirt und morgen vom Fahrer.

„Kröger, dann bring mir man noch was zu essen und zwei Bier – eins für dich", rief Titus gut gelaunt. Nach einigen Bieren mit dem Wirt und einigen anderen Gästen begab sich Titus auf sein Zimmer, ohne wirklich neue Informationen bekommen zu haben. Was wollte die Witwe Stein in Bremerhaven? Oder vielmehr: in einem kleinen Rattenloch in der Nähe von Bremerhaven.

Die Nacht hatte nur wenige Stunden, und am nächsten Morgen war er pünktlich kurz vor 6:00 Uhr zur Stelle. Als der Bierkutscher mit 30 Minuten Verspätung eintraf, packte Titus kurz entschlossen mit an. So würde er eher an Informationen kommen, denn Fremden gegenüber waren viele auf dem Lande doch skeptisch eingestellt. Da Titus aber gleich mit anpackte, gehörte er mit dazu.

Als sie mit dem Verladen der Fässer fertig waren, fuhren sie Richtung Loxstedt. Auf dem Weg dorthin hatte Julius, der Kutscher, noch einige Gasthöfe anzufahren, wobei Titus überall mit anfasste.

„Sach mal, Titus, wen oder watt suchste eigentlich in dem Nest? Ich kenne einige in der Gegend und komm ansonsten auch viel rum. Vielleicht kann ich dir ja weiterhelfen?"

„Ich suche eine ältere Dame, die vor einigen Monaten hier wohl hergezogen ist und vermutlich auch zwei jüngere Personen, einen jungen Mann und eine junge Frau."

„Biste Polizist oder Detektiv?", fragte Julius misstrauisch. „Nichts für ungut, ich kann beide nicht leiden!"

Titus lachte schallend: „Gott bewahre, dann haben wir ja was gemeinsam. Ich drücke es mal so aus: Ich hatte auch schon kleinere Probleme mit den Schupos. Ich suche privat nach diesen Personen, da ich eindringlich etwas zu fragen habe und hoffe, die richtigen Antworten zu bekommen."

Julius grinste – Titus war nach seinem Geschmack!

„Also hier auf dem Land tut sich ja nicht so viel, und noch weniger hier draußen. Aber vor einiger Zeit hat im Gasthaus „Gnauck" in Stotel eine ältere Dame lange Zeit gewohnt. Stotel gehört zur Gemeinde Loxstedt, vielleicht meinst du ja diese Person?"

Titus durchfuhr es siedend heiß – endlich eine Spur.

„Wann kommen wir denn zu dem Gasthof „Gnauck"?"

„Er ist der vorletzte Gasthof auf meinem Weg, danach könnte ich dich dann auch wieder zurück nach Bremerhaven nehmen, oder ich hole dich morgen wieder ab."

„Julius, du bist ein feiner Kerl. Wenn du mich morgen wieder mitnehmen könntest, wäre es toll. Ich helfe dir weiter auf deiner Route, damit du auch schnell fertig bist. Was bekommst du?"

„Lass man, Titus, bist ein feiner Kerl, der anstandslos gleich mitgeholfen hat. Das ist mehr wert als ein paar Mark."

Titus haute Julius auf die Schulter und sagte: „Klasse, dann lass uns beeilen. Ich bin gespannt, was uns in – wie heißt das Nest noch – erwartet."

Gegen 17:00 Uhr erreichten sie den Gasthof „Gnauck", luden die Fässer aus und die leeren wieder ein, und Julius verabschiedete sich von Titus.

„Bis morgen, allerdings etwas später. Hab ja keine Hilfe", lachte Julius.

„Ja, bis morgen, und beeile dich trotzdem. Soll dein Schaden nicht sein", zwinkerte Titus Julius verschwörerisch zu.

In einer kurzen Pause hatte Titus im Vorwege abgeklärt, ob denn überhaupt ein Zimmer frei war und er hatte den Wirt aufgeklärt, dass er dem Fahrer nur geholfen hatte, weil er ihn hierher mitgenommen hatte. Natürlich kam das wieder gut an, und das Spiel begann von Neuem.

„Kröger, haste mal zwei Bier, eins für dich und watt Schönes zu essen."

Nach einigen Bieren wagte Titus den ersten Schritt nach vorn:

„Sach mal, ich such 'ne alte Dame, die hier abgestiegen sein soll."

„Ja, hier war mal eine, die wohnt hier aber nicht mehr! Cecille Brinkmann hieß die."

Titus durchfuhr es siedend heiß. Er war ja in seiner Zeit in Bergedorf nicht untätig gewesen und hatte herausgefunden, dass Cecille Stein eine geborene Brinkmann war. Das musste sie sein.

„Und wo ist sie jetzt?"

„Warum willste das denn wissen, biste ein Verwandter? Sie hat nur von einer Tochter und einem Schwiegersohn gesprochen; keine weiteren Verwandten."

Titus griente innerlich. Die ersten Informationen gab's vom Wirt gratis. Also hatten die drei untereinander noch Kontakt und Thomas hatte tatsächlich die Tochter geheiratet.

„Wollen wir mal so sagen – ist eine private Sache. Ich zahle aber gut für gute Informationen."

Der Wirt grinste und hielt seine Hand auf.

„Du siehst ihr auch gar nicht ähnlich."

20 Mark wechselten schnell den Besitzer.

„Vor etlichen Jahren hatte das junge Paar hier auch einige Zeit gelebt. Ich hatte immer das Gefühl, dass mit den beiden etwas nicht stimmte, weil sie sich immer umdrehten und sehr schreckhaft waren. Eines Tages packten sie ihre Siebensachen und zahlten ihre Rechnung. Ich bin über jeden Gast froh, der dann auch länger bleibt und fragte, warum sie denn abreisen wollen. Sie teilten mir mit, dass sie Bordkarten für ein Auswanderungsschiff nach Amerika hätten."

Titus fiel auf einen Stuhl und sah seine Rachepläne schwinden.

„Ich sah die beiden nie wieder. Letztes Jahr kam dann Frau Brinkmann hier an und kurze Zeit später bekam sie einige Briefe aus Amerika."

„Hast du die Anschrift der Absender?"

„Nee, ich sah nur die Briefmarken und ich glaube, dass die Briefe aus New York kamen."

„Und, was ist mit Frau Brinkmann?", fragte ein sichtlich unzufriedener Titus.

„Ich denke, dass sie den beiden nach Amerika folgen wollte."

Titus sah alle seine Pläne sich in Luft auflösen. Keine Chance auf Rache, keine Chance auf die Schatzkarte.

„Wenn du herausfinden willst, ob sie nach Amerika ausgewandert ist, musst du in Bremerhaven oder in Bremen nachfragen und in den Passagierlisten nachsehen."

Aus und vorbei. Dann werde ich hier und jetzt aufgeben müssen.

Zähneknirschend stand Titus auf und bestellte eine Flasche Hochprozentiges.

Der Wirt grinste, verschwand einen kurzen Moment und kam mit einem Telegramm zurück.

--- Abfahrt 10.04.1912 in Southampton. --- Schiffsname „Titanic" --- Thomas und Dora

„Was ist das?", fragte Titus missmutig.

„Dieses Telegramm wurde zwei Tage, nachdem Frau Brinkmann den Gasthof verließ, zugestellt. Wenn Sie mich fragen, wird sie in vier Monaten das größte Passagierschiff der Welt besteigen und nach good old Amerika auswandern."

„Woher soll denn Frau Brinkmann wissen, wann es nach Amerika geht, wenn sie das Telegramm nicht bekommen hat?"

„Ich denke, dass das nur eine Bestätigung war, sodass sie eigentlich Bescheid wusste. Sie ist einige Male von Malte hier abgeholt worden und nach Bremerhaven gefahren wor den. Auch am tatsächlichen Abreisetag hat er sie abgeholt. Wir können ihn ja nachher fragen. Er kommt abends immer auf ein Bier rein", sagte der Wirt, verschwörerisch blinzelnd, zu Titus.

„Da ist doch bestimmt noch ein wenig mehr drin als 20 Mark."

„Warten wir ab, was wir von deinem Malte erfahren."

Gegen Abend wurde es langsam voll in der Wirtsstube, und auch Malte erschien mit einem fröhlichen

„N'abend, Klaus, ein Bier".

Klaus, der Wirt, nickte Titus zu und machte eine Kopfbewegung Richtung Malte.

Titus stand von seinem Platz auf und ging zu Malte an den Tisch. Malte sah kurz fragend auf und grinste aber, als Titus ihm eine Flasche Schnaps rüberschob und zwei Gläser.

„Hallo, ich kenn dich zwar nicht, aber du bist mir sympathisch", lachte Malte.

Titus ließ sich schnaufend auf einen Stuhl fallen und schenkte zwei Gläser ein. Wie zufällig fielen zehn Mark auf den Tisch und Malte steckte den Schein sofort ein.

„Was willst du von mir?", fragte Malte den sonderbaren, hinkenden Fremden.

„Erzähl mir mal etwas über eine ältere Dame, die du in der letzten Zeit von hier aus gefahren hast."

„Die alte Brinkmann – die habe ich einige Male nach Bremerhaven zum Auswandererhaus gebracht. Sie wollte nach Amerika zu ihrer Tochter ausreisen, aber irgendwie klappte es nicht, weil alle Schiffe besetzt waren. Am 15. Juni 1911 holte ich sie ab und brachte sie zum Bahnhof nach Bremerhaven."

„Zum Bahnhof?", fragte Titus entgeistert.

„Ja, sie wollte nach Bremen, um von dort aus fahren. Ab Bremen gab es noch Tickets, und ihre waren schon bezahlt."

„Von wem?", wollte Titus wissen.

„Frau Brinkmann war sehr schweigsam und erzählte nicht viel. Sie erzählte mir nur etwas, weil ich sie mehrere Male fuhr. Deswegen wusste ich, dass es für sie nach Bremen ging. Mit welchem Schiff sie fuhr, weiß ich allerdings nicht."

„Alles klar, du hast mir sehr geholfen, lass es dir schmecken! Kannst du mich morgen mit nach Bremerhaven nehmen?"

„Klar doch, morgen früh, sechs Uhr, hol ich dich ab."

5. Kapitel   „Titanic"

Einige Wochen später stand die Abfahrt der „Titanic" in Southampton kurz bevor. Titus hatte es über mehrere Wege geschafft, nach Southampton zu kommen. Die Zwischenzeit hatte er genutzt und einige Einbrüche ausgeübt, die die Reisekasse beachtlich anschwellen ließen. Er konnte damit sogar noch eine Karte für die Überfahrt mit der „Titanic" kaufen (89 Pfund). Zweiter Klasse, aber immerhin.

Leider konnte er keine Neuigkeiten über die Witwe Stein herausbekommen, aber seine Hoffnung hing an dem Telegramm, in dem ihr der Abfahrtszeitpunkt der „Titanic" mitgeteilt wurde. Dann würde er halt an Bord versuchen, „Kontakt" zu ihr aufzunehmen und sie über „Jules Verne" zu befragen. Außerdem wollte er vor dem Ablegen das Schiff wieder verlassen, sobald er die notwendige Information erhalten hätte.

Wo waren die Bücher geblieben?

Dafür lohnte es sich auch, 89 Pfund zum Fenster rauszuschmeißen.

http://de.wikipedia.org/wiki/RMS_"Titanic"

Am 10.04.1912 betrat Titus die Gangway zur „Titanic", unter dem frenetischen Jubel der Zuschauer, die ihre „Titanic" auf ihrer Jungfernfahrt über den Atlantik sehen wollten. Er hatte aber für diese Jubelarie und Konfettiparade weder Augen noch Ohren, sondern er versuchte gleich, Kontakt zu einem der Funkoffiziere aufzunehmen.

„Hallo, ich warte auf dringende Nachricht von meinem Geschäftspartner. Sobald ein Telegramm ankommt, sagen Sie mir bitte umgehend Bescheid!", gab Titus dem Offizier nicht nur den Auftrag, sondern auch unter der Hand eine stattliche Geldsumme in einem Briefumschlag.

Glücklicherweise sprachen die Offiziere größtenteils Deutsch und er konnte sich ebenfalls auf Englisch verständigen. Soll doch noch einmal jemand sagen, dass ein Zuchthausaufenthalt nicht bildet. Sein Zellenkumpan war ein Engländer gewesen, der als Zuckerbäcker in England und Deutschland tätig gewesen war und der in einer Wirtshausschlägerei den betrunkenen Angreifer so heftig eine verpasst hatte, dass er dummerweise mit dem Hinterkopf auf die Tischkante fiel und es ein hässliches knackendes Geräusch gab. Resultat: ein Toter und 15 Jahre Haft.

Titus freundete sich mit Jeff an, und ihm wurde die englische Sprache beigebracht. Jeff wurde im Gegenzug von Titus' Truppe beschützt. Also ein Geben und Nehmen, was sich jetzt auszahlte.

Titus wartete nach wie vor auf Auskunft von Berrildsen, ob er in Bergedorf noch etwas herausgefunden hatte. Leider bisher ohne Antwort. Titus hoffte, dass Berrildsen sich auf jeden Fall melden würde, da er auf diese Auskunft händeringend wartete. Berrildsen sollte herausfinden, ob und an wen die Bücher in Bergedorf gegangen waren oder ob die Bücher ebenfalls nach Amerika verschifft wurden.

Er ging zu seiner Kabine C 74 2 im C-Deck und stellte seine wenigen Reiseutensilien ab und begab sich gleich wieder auf die Suche.

Es war schwieriger als erwartet, etwas über Witwe Stein alias Brinkmann herauszufinden, sodass der Abfahrttermin immer näher kam. Natürlich hatte Titus auch eingeplant, notfalls mit nach Amerika zu reisen, um sich an Thomas von Gellern zu rächen. Aber vorher sollte die Angelegenheit mit dem Schatz geklärt werden. Hierfür wäre die Schatzkarte nötig, aber dazu brauchte er die notwendigen Informationen von Cecille Stein.

Ein lautes, dröhnendes Tuten deutete an, dass die „Titanic" bereit zum Ablegen war, und Titus musste sich erst einmal geschlagen geben. Vielleicht konnte er auf der Überfahrt ja Cecille Stein finden oder eine Nachricht von Berrildsen erhalten.

Wikipedia: Abfahrt der „Titanic" am 10.04.1912, 12:00 Uhr mittags

Am frühen Abend ankerte die „Titanic" vor Cherbourg in Frankreich, wo noch weitere Fracht und 274 Passagiere per

Tender an Bord gebracht wurden. 22 Passagiere, die nur den Kanal hatten überqueren wollen, gingen von Bord.

Am 11. April ankerte die „Titanic" gegen Mittag vor Queenstown in Irland, wo hauptsächlich Auswanderer in die dritte Klasse zustiegen. Nur sieben Passagiere mit Reiseziel Irland gingen von Bord. Gegen 13:30 Uhr begann die Reise auf der für Passagierschiffe traditionellen Nordatlantikroute in Richtung New York, wo die Ankunft für Mittwoch, den 17. April, geplant war. Am 14.04.1912 nachmittags 16:00 Uhr hörte Titus, wie sein Name auf dem Promenadendeck ausgerufen wurde.

„Mr. Mayer, Mr. Mayer – a telegram for you. Mr. Mayer, Mr. Mayer – a telegram for you."

Er hob den Arm und gab sich zu erkennen. Titus nahm das Telegramm entgegen und las:

Stein nicht auf „Titanic" --- Bereits mit der SS Hannover am 29. Juni 1911 nach Galveston --- Bücher in Bergedorf wurden dem Bergedorfer Schloss und der Hansaschule geschenkt --- Erbitte weitere Anweisungen --- Berilldsen.

Verdammte Scheiße, dann hat mich die Alte gewaltig verarscht. Unglaublich, ich hänge jetzt hier auf dem Schiff fest und kann nichts machen. Berrildsen kann er auch nicht vollständig aufklären, da er vermutlich selbst auf Suche gehen würde. Wenigstens meiner Rache kann ich nachgehen.

Titus fühlte sich auf einmal fürchterlich müde und begab sich in seine Kabine und legte sich schlafen. Sein letzter Gedanke war, dass er dann die restlichen Tage auf See genießen wolle. Gegen 23:40 Uhr wurde er mit einem Ruck aus dem Bett geworfen und fiel mit seinem Kopf auf seinen Nachtschrank. Er dachte noch „Verdammt" – und dann wurde alles schwarz.

„Verdammt" war auch sein letzter Gedanke in seinem Leben. Die gnädige Ohnmacht ließ ihn nicht mehr den Untergang der „Titanic" um 2:20 Uhr bei Bewusstsein miterleben. Die Geschichte von Titus Mayer endet in einem eiskalten, berühmten Schiffssarg mitten im Atlantik.

Cecille Stein war tatsächlich nicht, wie ursprünglich geplant, an Bord gewesen, obwohl eine bezahlte Passage vorlag. Sie wollte so schnell wie möglich zu ihrer Tochter, ihrem Schwiegersohn und ihren beiden Enkeln und verzichtete auf ihr Ticket auf der „Titanic". Keiner hat jemals wieder deutschen Boden betreten, aber die Geschichte der Schatzsuche lebte in ihren Erzählungen fort.

Jan-Hendrik Berrildsen hörte verständlicher Weise nichts mehr von Titus und löste ein Jahr später die Konten von Titus auf. Was es mit diesen Büchern in Bergedorf auf sich hatte, die er in Titus' Auftrag suchen sollte, hat er nie herausbekommen.

6. Kapitel   Mythen und Märchen

Irgendwie halten sich alte Geschichten und Gerüchte aus vergangener Zeit über Jahre und Jahrzehnte und werden irgendwann zu Mythen und Märchen, die zeitlos werden und Grundlage für die Fantasie vieler Kinder werden.

So auch die Geschichte über den Schatz aus Bergedorf.

Wer erinnert sich nicht noch an die Zeiten von „Emil und die Detektive", „Percy Stuart", „Graf Yoster" oder „Nick Knatterton", als alle Kinder auf einmal anfingen, Detektiv zu spielen?

Die Bücher der Familie Stein lagerten tatsächlich im Fundus der Bücherei der Hansaschule. Die Schüler der Hansaschule konnten über lange Jahre und Jahrzehnte Bücher ausleihen und sich ihrer Leselust hingeben.

Natürlich wurden die Bücher durch das viele Ausleihen nicht schöner, und manche Bücher verschwanden irgendwann auch in einem hinteren Winkel.

Aber eines Tages brachte ein Zufall die Steppkes – Jürgen, Michael und Marlies – wieder auf die Spur des Schatzes aus Bergedorf.

7. Kapitel   Der Brand

Es war 3:11 Uhr in der Nacht des 16.06.1969, als in Bergedorf die Feuersirenen heulten und die Anwohner aus dem Schlaf rissen. Ein Großaufgebot von Feuerwehren raste mit lautem Tatütata quer durch Bergedorf zur Hermann-Diestel-Straße, da hier ein Großfeuer ausgebrochen war, das auch drohte, auf die Nebengebäude überzugreifen. Die Funken flogen teilweise mehrere Hundert Meter weit.

Was war passiert?

In der Nacht zum 16. Juni 1969 brannte der erste Stock des Seitentrakts der Hansaschule in Hamburg-Bergedorf mit der Aula bis auf die Umfassungsmauern nieder.

Quelle: www.bergedorf-chronik.de

40

Sowohl Berufsfeuerwehren aus Bergedorf, Billbrook, Wandsbek und Berliner Tor als auch die Freiwilligen Feuerwehren aus Bergedorf, Lohbrügge und Nettelnburg bekämpften mit Hochdruck das Großfeuer. Etliche Stunden bekämpften die Wehren den Brand, bis sie ihn unter Kontrolle hatten.

Michael, Marlies und Jürgen bekamen, trotz der Sirenen, hiervon nichts mit und machten sich am nächsten Morgen schulfertig. Sie saßen mit ihren Eltern beim Frühstück, als die Radiosendung des NDR-Schulfunks „Neues aus Waldhagen" unterbrochen wurde.

„Und hier noch eine wichtige Nachricht für alle Schüler des Hansa-Gymnasiums in Bergedorf. Heute fällt der Unterricht für alle Schüler aufgrund eines Feuerwehreinsatzes aus."

Michael, Marlies und Jürgen sprangen vom Frühstückstisch auf.

„Schulfrei, Schulfrei", schrien die drei und rannten jubelnd raus auf die Straße. Michael sah, dass sich Marlies und Jürgen schon auf dem Gojenbergsweg in den Armen lagen. Schulfrei, und dazu noch an einem Montag...

„Habt ihr das auch gehört?", rief Michael von Weitem überflüssigerweise den beiden entgegen.

„Irgendjemand hat die Penne angezündet, hurrrrrrrra, kommt, lasst uns das ansehen. Wir treffen uns in 20 Minuten bei Blank und fahren dann mit dem Fahrrad rüber zur Schule. Den Anblick können wir uns doch nicht entgehen lassen", freute sich Marlies, klatschte mit Michael ab und schnell stürmten sie wieder ins Haus, und schlangen den Rest ihres Frühstücks runter.

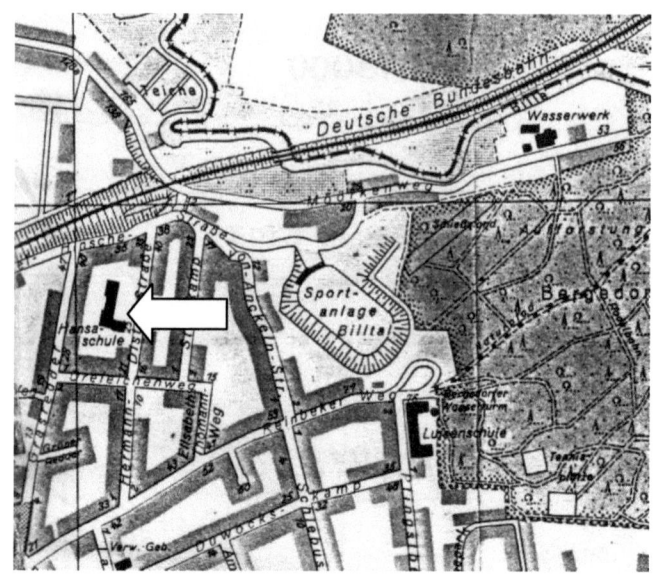

Standort der Hansa-Schule

Kurze Zeit später trafen sie sich alle bei Blank vor der Tür.

Krämerladen Blank Ecke Gojenbergsweg/Justus-Brinkmann-Straße

„Kommt, lasst uns noch Reiseproviant kaufen, das ist ein langer Weg", schlug Michael grinsend vor. „Was habt ihr denn dabei?"

Die drei kramten in ihren Taschen.

„Ich habe 65 Pfennige dabei", sagte Michael.

„Wartet, bei mir sind es 57 Pfennige", rief Marlies.

„Also, ich habe 40 Pfennige, ich kriege erst Mittwoch Taschengeld", sagte Jürgen zerknirscht.

„Kommt, lasst uns sehen, was wir dafür bekommen."

Sie betraten den kleinen Laden, dessen Tür sich mit einem Klingeln öffnete.

„Guten Morgen, Frau Kuhn!"

„Na, ihr drei, was möchtet ihr denn haben?", fragte Frau Kuhn.

„Wir haben eine Mark und 62 Pfennige, also nehmen wir:

neun Brausebonbons, drei Lakritzschnecken, sechs Geleebananen, drei Kreisellutscher, drei Leckmuscheln und 15 Colaflaschen – und wenn noch etwas übrig ist, nehmen wir für den Rest Esspapier.

Michael, Marlies und Jürgen zeigten auf die verschiedenen Gläser und Frau Kuhn verstaute ihre Einkäufe in einer Papierdreieckstüte und rechnete ihnen dabei vor:

9 Brausebonbons	à 2 Pfennige sind 18 Pfennige
3 Lakritzschnecken	à 5 Pfennige sind 15 Pfennige
6 Geleebananen	à 2 Pfennige sind 12 Pfennige
3 Kreisellutscher	à 10 Pfennige sind 30 Pfennige
3 Leckmuscheln	à 15 Pfennige sind 45 Pfennige
15 Colaflaschen	à 2 Pfennige sind 30 Pfennige
12 Blatt Esspapier	à 1 Pfennige sind 12 Pfennige

„Danke Frau Kuhn, wir wollen dann mal los. Wir wollen uns den Brand bei der Hansaschule ansehen. Wir haben heute deswegen extra schulfrei bekommen."

„Ja, da war heute Nacht ganz schön was los. Ich habe von hier aus die Flammen gesehen und den Rauch gerochen. Erzählt mir nachher mal, was da los war. Hier, für euch noch einen Kreislutscher extra."

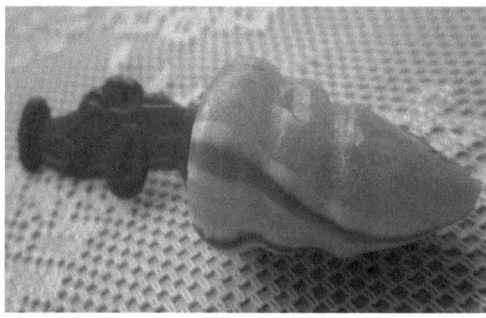

Kreisellutscher

Leckmuscheln

„Oh, toll, und besten Dank, Frau Kuhn", rief Marlies dankbar, nahm die große Tüte entgegen und mit einem Klingeln schloss sich wieder die Tür.

„Habt ihr das eben gehört, was Frau Kuhn gesagt hat? Da muss es ja ordentlich gebrannt haben. Kommt, auf geht's, lasst uns los."

Sie schwangen sich auf ihre Sättel und sausten mit ihren Drahteseln die Justus-Brinkmann-Straße herunter.

Kurze Zeit später erreichten sie die Hansaschule. Schon von Weitem sahen sie die ganzen Feuerwehren und Feuerwehrleute, die noch immer im Einsatz waren.

Einige Mitschüler, aber auch ältere Schüler, standen schon am Zaun, lachten, diskutierten oder waren betroffen von dem Anblick, der sich ihnen bot. Einige der Älteren bejubelten den Anblick der kohlenden Trümmerteile und sahen darin nur einen Fingerzeig einer höheren Macht.

...

Seit Mitte bis Ende der 60er-Jahre ging ein für die Schule und die dortigen Lehrer ungeliebtes Wort durch die Klassenzimmer und machte es für die Lehrer schwieriger, ihrem Erziehungsauftrag nachzukommen: „Mitbestimmung."

Hier ein kurzer zeitgenössischer Artikel der „Zeit" aus April 1969, der die damalige Stimmung der Schüler widerspiegelt:

„Ein Mensch ist, nach Meinung klassischer Deutscher, durch den Besitz eines freien Willens ausgezeichnet und fähig zur Selbstbestimmung. Ein Schüler hingegen ist dessen gar nicht fähig, ja, nicht einmal zur Mitbestimmung kann man ihn zulassen, allenfalls zur Mitverantwortung. Das muss auch so sein; denn ein Schüler ist kein Mensch, er ist vielmehr etwas Amöbenartiges, Formloses, einem Pflänzlein ähnlich, das im Gärtlein des Pädagogen und im wohlbehüteten Blumenkasten des Elternhauses begossen, gepflegt und gepäppelt werden muss. Ein Schüler wird geformt und herangebildet, ihm werden Inhalte vermittelt und Formen aufgeprägt, kurz: Ein Schüler ist Material. Pädagogisches Rohmaterial.

Die Dachorganisation der bundesdeutschen Schüler, die nicht mitverantworten wollen, was in unseren Schulen geschieht, das sogenannte „Aktionszentrum Unabhängiger und Sozialistischer Schüler" (AUSS), führt sogar die Vokabel „sozialistisch" in ihrem Titel, eine ungeheuerliche Anmaßung, wenn man bedenkt, dass Karl Marx über revolutionäre Schüler nichts gesagt hat.

Das AUSS also, 1967 gegründet, erfreute sich inzwischen beträchtlichen Zulaufs."

Zitiert aus: Günter Amendt (Hrsg.): „Kinderkreuzzug oder Beginnt die Revolution in den Schulen?"; rororo Aktuell 1153, Reinbek, 3. Auflage Januar 1969.

...

Wie gesagt, das waren die einen Schüler, die feierten und einen vermeintlichen Feuerteufel hochleben ließen und die anderen Schüler, die sich zwar über den Unterrichtsausfall freuten, aber das Geschehen einfach nur spannend fanden.

Michael, Marlies und Jürgen versuchten, nachdem sie sich ein Bild der Lage gemacht hatten, auf das Schulgelände zu gelangen, um näher bei den Lösch- und Räumungsarbeiten zu sein.

Aus der Chronik der Hansaschule

Sie hatten Glück, dass sie im Ersten nicht entdeckt wurden, als sie sich durch ein Loch im Zaun zwängten, und schlichen sich an den noch rauchenden Trümmern vorbei. An einer uneinsehbaren Ecke des Schulhofes war ein großer, nicht qualmender Berg mit Teilen von Stühlen, Tischen und anderen Utensilien aufgehäuft worden, die vollkommen durchnässt oder stark verrußt waren. Diesen Berg lohnte es sich doch bestimmt einmal genauer anzusehen – da würde doch sicherlich Brauchbares dabei sein.

Sie schlichen näher an den Berg heran, ohne sich dabei vorzusehen, ob sie sich schmutzig machten. Marlies war mit ihren kurzen blonden Haaren und ihrer Jeanshose auch eher ein Frechdachs, der sich von anderen Jungen nichts gefallen ließ. So gab es auch schon einmal eins auf die Nase, da sie kein zartes, behütetes Mädchen in einem rosa Kleidchen und Puppe im Arm war, sondern eher ein rotzfrecher Steppke.

Jürgen pfiff auf einmal, und Marlies und Michael eilten sofort zu ihm.

„Schaut mal, Bücher, teilweise unversehrt. Nur verschmutzt oder nass. Lasst uns mal schauen, ob wir da etwas finden."

„Ach, geh mir los, was soll ich mit alten Algebra- oder Gedichtbüchern? Mir reichen diese Schinken schon im Unterricht", grummelte Michael.

„Nein, schaut mal her, Karl May: „Der Ölprinz" und „Durch das Tal der Skipetaren" und hier – leider durchnässt – irgendein Buch von Jules Verne. Kommt, lasst uns die Bücher einpacken, bevor uns hier noch jemand sieht."

Die drei schauten sich an und ließen die Bücher in ihren Rucksäcken verschwinden. Sie schafften es tatsächlich, auf dem gleichen Weg das Gelände unbemerkt zu verlassen, und mischten sich unverdächtig unter ihre Klassenkameraden. Sie knufften den einen oder anderen Schulfreund um, wie sie dachten, ein Alibi zu haben, und verkrümelten sich zwei Stunden später. Mit dem Fahrrad fuhren sie zu den Hexentreppen, um dort ungestört ihre Schätze zu begutachten.

„Lasst uns mal sehen, was wir erbeutet haben", sagte Marlies und leerte ihren Rucksack. Sie hatte mehrmals zugegriffen, aber nur mit ihrem Karl-May-Buch Glück gehabt,

Sachkunde 9. Klasse und Geometrie 8. Klasse kam unter der Rußschicht zum Vorschein. Leise fluchte Marlies vor sich hin.

Jürgen packte seinen Rucksack aus und zeigte seine Schätze. Er wischte den Buchdeckel ab und blickte auf das erste Buch: English Lesson 3 – na toll, das Schulbuch des letzten Jahres. Das zweite Buch schien interessanter zu sein. Es war auch leicht rußig und vom Löschmittel durchnässt. Er wischte den Buchdeckel ab und es kam der Buchtitel „Eine Reise im Jahr 1970" von Hans Domnick aus dem Jahr 1909 hervor.

„Hurra", jubelte Jürgen. „Ich habe einen „Domnick" erwischt."

Ein Buch von Hans Domnick (Die Reise zum Mars) hatten sie bereits im Unterricht durchgenommen und alle waren begeistert. Mit der Fernsehserie „Raumpatrouille" (Raumschiff Orion) und „Commander Cliff Allister Mc Lane" wurde die Begeisterung noch angeheizt. Und jetzt ein Buch von Domnick, dem deutschen Science-Fiction-Pabst – klasse.

Marlies sah neidisch zu Jürgen über und rief:

„Ich will das Buch aber auch lesen!"

„Ja ja, ich muss es aber erst einmal trocknen und säubern", lachte Jürgen glücklich.

„Michael, was hast du denn erwischt?", fragten beide.

Michael packte seinen Rucksack aus, in dem sich nur ein Buch befand. Auch er wischte den nassen und mit Ruß verschmierten Einband ab und er jubelte, als er erkannte, was er sich vom Abfallberg genommen hatte:

„Ich habe von Jules Verne „Reise um die Welt in 80 Tagen" erwischt!"

„Echt? Du Glückskeks – zeig mal her", rief Marlies und griff nach dem Buch.

Das Buch war durch das Löschwasser jedoch so durchweicht, dass es, nachdem Marlies daran zog, auseinanderriss.

„Du blöde Pute", herrschte Michael Marlies an. „Kannst du nicht besser aufpassen? Du siehst doch, dass es erst getrocknet werden muss, bevor wir überhaupt etwas damit anfangen können. Und jetzt kommst du mit deinen Griffeln und machst es kaputt. Dumme Kuh."

Geknickt sah Marlies auf das auseinandergerissene Buch und reichte Michael die zweite Hälfte hin.

„Das wollte ich nicht, Tschuldigung, du kannst dafür dann meinen Karl May haben – den kenne ich schon."

„Nee – lass man, ich werde jetzt erst einmal nach Hause fahren und das Buch versuchen zu reinigen und zu trocknen", entgegnete Michael, immer noch sauer auf Marlies.

„Kommt, lasst uns noch unseren Reiseproviant verputzen. Dann können wir uns, wenn wir schon Bücher zerreißen wollen, an Marlies' Geometrie- und Englisch-Bücher machen", schlug Michael vor.

„Wie kann man auch Schulbücher mitnehmen?", neckte Jürgen. „Die gehören sofort vernichtet!"

Mit Kreisellutscher im Mund begannen die drei ihre Vernichtungsaktion und schauten sich befriedigt die zerrissenen Seiten der Bücher an, die wie Konfetti am Silvester die Hexentreppe pflasterten.

„Kommt, lasst uns abhauen, bevor jemand kommt. Wir treffen uns morgen wieder", sagte Michael, und sie setzten sich auf ihr Fahrrad und fuhren so schnell wie möglich Richtung Gojenberg. Michael nahm noch die Abkürzung über den kleinen Geheimweg gegenüber der Hermann-Löns-Höhe und war schnell am Gartentor seiner Eltern. Seine Mutter kam gerade aus der Waschküche im Keller mit einer Wanne voller Wäsche, um sie im Garten aufzuhängen.

„Michael, schön, dass du kommst. Dann kannst du mir gleich einmal beim Wäscheaufhängen helfen. Um Gottes Willen, Junge, wie siehst du denn aus?" Sie fuhr mit dem Zeigefinger über seine Wange. „Erst einmal runter mit dir in die Waschküche und dusch dich mal ordentlich ab, du kleines Ferkel. Hast du wieder „Jim Knopf und der Lokomotivführer" gespielt und du warst Emma? Bevor du nicht sauber bist, fasst du hier nichts an."

Nun ja, Glück gehabt, dachte sich Michael, und mit aller Zeit der Welt begab er sich in den Waschkeller (für eine Dusche war in der Wohnung kein Platz) und duschte sich ausgiebig ab. Im Sommer war diese Dusche hervorragend, da man, wenn man sich im Garten heißgespielt hatte und kein Geld für das Bille-Bad hatte, schnell in den Keller gehen konnte, um sich schnell einmal abzukühlen.

Als er fertig war, blickte er nach draußen, und seine Mutter war natürlich mit dem Wäscheaufhängen schon fertig. Naseweis, wie er nun einmal war, ging er zu seiner Mutter in die Küche und räumte ein, dass sie ja nun leider schon fertig mit der Wäsche war. Er wies aber seine Mutter darauf hin, dass es sicherlich nicht sinnvoll war, nach diesem Brand die Wäsche aufzuhängen, da doch bestimmt noch jede Menge Rußpartikel in der Luft schwebten.

„Ich schweb dir gleich eine", rief seine Mutter. „Verschwinde auf dein Zimmer."

„Jawoll, sofort!"

Mit einem Knall schlug er seine Puschen zusammen, salutierte und rannte auf sein Zimmer hinauf. Seine Mutter grinste unten in der Küche und dachte sich: so ein Lausebengel!

Oben im ersten Stock dachte sich Michael: Was fang ich bloß mit dem kaputten Buch an? Am besten erst einmal zum Trocknen auslegen, wenigstens die ganzen feuchten und nassen Teile der zwei Buchhälften.

So begann er, das Buch langsam auseinanderzunehmen, teilweise Seite für Seite, und legte die Seiten zum Trocknen auf den Fußboden. Er hatte erst noch überlegt, sich eine Wäscheleine aus der Waschküche hochzuholen, aber das hätte nur zu elendigen Diskussionen mit seiner Mutter geführt.

Nachdem er den ganzen Nachmittag in seinem Zimmer gewesen war und kein Ton aus der geschlossenen Tür zu vernehmen gewesen war, ging seine Mutter doch einmal hoch, um nach Michael zu sehen.

Als sie sein Zimmer betrat, dachte sie im ersten Moment, dass ein Wirbelsturm durch das Zimmer gejagt sei. Sie war ja einiges von ihm gewohnt – aufräumen war nie seine Stärke gewesen –, aber so was?

„Michael, was ist denn hier schon wieder los?"

„Mutti, sei bitte vorsichtig, ich muss ein altes Buch trocknen und schauen, ob ich es wieder so heil machen kann, dass ich es lesen kann, um es dann Marlies und Jürgen zu geben. Wir haben das Buch heute gefunden – es wurde beim Brand aussortiert – und nun will ich es wieder herrichten."

Michaels Mutter freute sich über die Aktion, weil er in dem beginnenden Ex- und Hopp-Zeitalter versuchte, etwas zu bewahren. Sie gehörte zu der Nachkriegsgeneration, die sich schon darüber ärgerte, was bereits alles in Bergedorf nach dem Motto „Ex und Hopp" verschwand. Aktuell waren sie gerade dabei, das schöne Tor vor dem Schloss abzureißen.

Bergedorfer Schlosstor

Die Bergedorfer sahen es nicht gern, dass angeblich aus Sicherheitsgründen 1969 das Tor im Wall des Bergedorfer Schlosses abgerissen werden sollte. Wie häufig hatten sie, als sie noch Kinder gewesen waren, auf den Zinnen Ritterkämpfe und Errettung der Prinzessin gespielt. Früher hatte es dort auch noch einen richtigen Burgwall gegeben mit Pulver-/Munitionskammer und den Kanonenkugeln im Tor. (Hierzu mehr im Buch „Bergedorf – das waren noch Zeiten").

Schlosswall, der links des Tores noch weiterging

Pulverkammer im Schlosswall

Schöne Erinnerungen beschlichen sie. Deswegen war sie froh, dass ihr Sohn alten Gegenständen mit Respekt begegnete und dass er sogar versuchte, diese wieder herzurichten.

„Schön mein Junge, räum aber langsam zusammen. Vati kommt gleich von der Arbeit und wir wollen dann essen."

„Ja Mutti", antwortete Michael geistesabwesend, denn in diesem Moment war ihm eine merkwürdig dicke Seite im Buch aufgefallen, die dort so nicht hingehören konnte.

„Was ist das denn?", murmelte Michael.

8. Kapitel   Das Buch

Nachdem Michael mit unruhigem Hinterteil am Abendbrot-
tisch gesessen und kaum einen Bissen vor Aufregung herun-
terbekommen hatte, konnte er es kaum erwarten, wieder auf
sein Zimmer zu kommen. Michaels Eltern bekamen natürlich
mit, dass irgendwas in der Luft lag.

„Junge, was ist mit dir? Hast du keinen Appetit?", fragte besorgt seine Mutter.

„Alles in Ordnung, Mutti. Ich will mir nur mein Buch noch ein
bisschen genauer ansehen, ob ich es wieder so weit herstel-
len kann, dass wir es lesen können."

„Was für ein Buch? Um was geht es überhaupt?", mischte
sich jetzt auch Michaels Vater ein.

„Ich habe aus einem Abfallhaufen bei der Hansaschule ein
altes Buch herausgezogen, das vom Löschwasser durchnässt und verrußt war. Vorhin haben wir uns das Buch ansehen wollen und dabei ist es – weil es durchnässt war – auseinandergerissen. Da es sich um ein Buch von Jules Verne
handelt, bin ich schon ganz gespannt auf die Geschichte."

„Welches Buch ist das denn? Ich habe damals als Kind auch
einige Geschichten von Jules Verne gelesen. Wie hießen die
denn noch? Ach ja: ... „Die Reise zum Mond", „20.000 Meilen
unter dem Meer", „Die Reise zum Mittelpunkt der Erde" – tolle Bücher", schwärmte sein Vater.

„Ich habe das Buch „Reise um die Welt in 80 Tagen" erwischt."

„Stimmt, die Wette von Phileas Fogg und seinem Diener
Passepartout und dem Fesselballon. Das hatte ich auch
schon mal gelesen und den Film im Fernsehen gesehen. Soll
ich dir beim Restaurieren helfen?", fragte Michaels Vater.

„Paps, nee, lass man, ich versuche mich erst einmal selbst daran."

Michael hatte diese merkwürdige dicke Seite im Kopf, die er doch erst einmal alleine untersuchen wollte.

„Steh' schon auf, ich sehe dir doch an der Nasenspitze an, dass du es kaum aushältst, nach oben zu kommen. Aber, wenn du es wieder hinbekommen hast, will ich es auch einmal lesen", grinste Michaels Vater und beendete damit das Abendbrot. Michael griff sich noch die letzte Scheibe Marmeladenbrot, stürzte den Rest seines Tri-Top-Getränks herunter und raste wie der Wirbelwind hoch in sein Zimmer.

„Aber um 20:00 Uhr ist Feierabend. Ich schau nachher noch einmal rein!", rief seine Mutter ihm noch hinterher.

Doch Michael hörte die Worte seiner Mutter gar nicht mehr.

Er öffnete vorsichtig die Tür seines Zimmers, damit die losen Seiten nicht durcheinanderwehen konnten, und schloss diese auch wieder vorsichtig.

Er blätterte noch einmal den erhaltenen Teil des Buches durch, bei dem er die Merkwürdigkeit der Seiten festgestellt hatte. War das ein Druckfehler gewesen oder warum folgte auf Seite 17 die Seite 20? Auch der textliche Zusammenhang passte nicht, fand Michael schnell heraus. Was war mit den Seiten 18 und 19?

Michael hielt die Seite 17/20 gegen das helle Licht seiner Kinderzimmerlampe und sah dabei einen dunklen Schatten. Er stand auf und ging an die Schublade seines Schreibtisches. Natürlich sammelte er, wie viele andere Kinder auch, Briefmarken und hatte selbstverständlich auch die notwendigen Utensilien hierfür zur Verfügung.

Er griff nach der Pinzette, nach dem Brieföffner und dem Vergrößerungsglas, das er zuletzt allerdings nicht für das Briefmarkensammeln gebraucht hatte, sondern um zu sehen, was mit gebündelten Sonnenstrahlen alles verbrannt werden konnte – aber das war ein anderes Thema.

Michael schaute durch das Vergrößerungsglas die Seite an und sah dunkle Streifen oben und unten auf der Buchseite. Er griff sich seine Pinzette und riss ein kleines Stück an der Ecke der Buchseite heraus. Mit einem Brieföffner versuchte Michael langsam, die Seiten zu lösen und hielt dabei das Buchfragment auf den Kopf. Er schaute in die geöffnete Seitentasche, und dabei fielen zwei kleine Schriftstücke heraus.

Mit zitternden Händen nahm er die beiden Papierstücke mit zum Schreibtisch, um sie dort weiter zu untersuchen. Michael war in Zeiten von der Schatzinsel mit Jim Hawkins und dem einbeinigen Long John Silver und den Abenteuern von Tom Sawyer und Huckleberry Finn aufgewachsen, sodass sein erster Gedanke natürlich der an eine Schatzkarte war. Er las den größeren Teil des Papierzettels langsam durch und hatte Schwierigkeiten, alles genau zu entziffern.

In dem Brief stand Folgendes:

>Georg, ich hoffe, dass du nicht zu schwer verletzt bist und dass du, wenn wir uns wiedersehen, auf dem Weg der Besserung bist. Ich weiß nicht, wie lang das hier noch dauert, überall flackern neue Brände hoch und das Rathaus ist auch in Gefahr. Wir haben auch schon viele Verletzte und leider auch schon zwei Tote zu beklagen. Ich hoffe, dass ich alles gut überstehe und wir uns in Bergedorf in die Arme schließen können. Du hast mein Leben gerettet und hast etwas gut bei mir.

Ich frage nicht, woher die Geldkatze und die Goldmünzen stammen. Ich denke nicht darüber nach, aber ich bin mir sicher, dass du keinem geschadet hast. Wir haben Carl und Klaas bei einer Aufräumaktion gefunden und einen toten Kaufmann vor dem Haus, der von Trümmern des Hauses erschlagen wurde. Es handelte sich um einen unverheirateten Kaufmann, der keine Verpflichtungen hatte. Aus diesem Grund schließe ich die Augen und ich gönne dir später einen Neuanfang. Für Carl und Klaas werde ich eine Beerdigung beauftragen, das ist das Letzte, was wir für die beiden noch tun können.

Dir vertraue ich, denn du bist kein schlechter Kerl und – wie gesagt: Du hast was bei mir gut.

Sobald du das Krankenlager verlassen kannst und dich der Doktor entlässt, würde es mich freuen, wenn du meine Familie und Frau in der Hude besuchst. Vielleicht finden wir ja eine Möglichkeit, dass du bei uns auch nächtigen und gepflegt werden kannst. Zeig diesen Brief meiner Frau, und alles andere wird sich ergeben. In der Kiste findest du auch noch einige Sachen zum Anziehen.

Verschließe die Kiste gut und suche einen guten und sicheren Platz für sie, aber bitte nicht bei meiner Familie. Ich vertraue dir.<

Johann

Auf einem kleinen Stück Papier, das nach den Rissrändern augenscheinlich zum Brief gehörte, war folgende Zeichnung zu sehen:

Schatzkarte

Was hatte das alles zu bedeuten? Wo und wann hatte es gebrannt? Wer war Johann aus der Hude? Wer war Georg? Fragen über Fragen!

Sollte er sich an seinen Vater wenden oder mit Jürgen und Marlies versuchen, das Rätsel zu lösen?

Nach kurzer Überlegung war er überzeugt, dass er mit seinen Freunden herausbekommen würde, was es mit dieser rätselhaften Karte auf sich hatte – morgen war ja auch noch ein Tag und dazu auch noch ein Feiertag.

Michael erwachte am Morgen des 17. Juni und freute sich über den freien Tag. Zwei Tage hintereinander schulfrei – das war ja fast wie Miniferien. Heute würde er sich mit Marlies und Jürgen treffen und mit ihnen beratschlagen, wie das Geheimnis des Buches von Jules Verne gelöst werden könnte. Voller Vorfreude hüpfte er laut pfeifend die Holztreppe herunter und sah seine Eltern bereits am Frühstückstisch sitzen – für seinen Geschmack besorgniserregend schnieke angezogen.

„Kommst du auch endlich? Beeile dich, wir machen heute einen Ausflug und fahren in die Heide. Mutti hat schon Wurstbrote geschmiert und unser Käpt'n wartet, dass wir an Bord gehen", blödelte Michaels Vater.

So sehr sich Michael auch sonst über einen Familienausflug gefreut hätte, aber doch bitte nicht heute, wo er wichtige Sachen mit Marlies und Jürgen zu bereden hatte. Der Witz mit dem Kapitän hatte mittlerweile auch schon einen Bart, aber Michaels Vater brachte ihn immer wieder gerne. Er war vernarrt in seinen Opel Kapitän und putzte und pflegte ihn – sein „Schlachtschiff", wie er es nannte – in jeder freien Minute.

Opel Kapitän

Es gab natürlich keine Widerrede, und so schlüpfte er in seine Sonntagsklamotten (am Dienstag), denn zu einem Familienausflug musste man sich ja „fein" machen. Michael zog mit mürrischem Gesicht wiederwillig seinen „feinen Zwirn" an. Seine Eltern warteten schon auf ihn. Seine Mutter entdeckte noch an seiner Backe eine unsaubere Stelle und machte diese mit ihrem durch Spucke benässten Daumen sauber. Wie Michael das hasste!

Nachdem seine Mutter auch noch einen Kamm unter fließendes Wasser gehalten hatte und seine Haare frisch gekämmt hatte, konnte es endlich losgehen. Wie es natürlich nicht anders sein konnte, warteten Marlies und Jürgen bereits auf ihn. Sie grinsten, feixten und pfiffen ihm nach. Er konnte ihnen nur die Zunge rausstrecken und verzweifelt mit den Schultern zucken.

Morgen war halt auch noch ein Tag.

9. Kapitel   Detektivarbeit

Michael erwachte am frühen Morgen nach einer lebhaften Nacht, in der er in seinen Träumen gegen Piraten und Ungeheuer gekämpft hatte. Er schaute sich das Durcheinander in seinem Zimmer an. Überall lagen Buchseiten, die in der Zwischenzeit getrocknet waren. Er räumte die trockenen Seiten zusammen, um die er sich später kümmern wollte.

Wichtig waren nur die beiden Schriftstücke, die er zwischen den Seiten gefunden hatte. Er wühlte in der Schublade seines Schreibtisches und fand die beiden Zettel, ordentlich verstaut in einer Plastikhülle. Da die Zettel vermutlich schon älter waren, machte es für ihn Sinn, diese auch zu schützen. Heute würde er seine beiden Schätze erst einmal mit zur Schule nehmen, um sie Marlies und Jürgen zu zeigen.

Nachdem er sein Frühstück runtergeschlungen hatte und das Radio auch nicht von weiteren Schulausfällen sprach, machte er sich mit seiner Tüte Sunkist und seinem Leberwurstpausenbrot auf zur Schule.

Sunkist Trinktütewww.google.de Freepics

Auf Höhe der Ernst-Henning-Schule an der Spieringstraße traf er auf seine Freunde mit ihren Fahrrädern.

„Moin, ihr zwei. Wie geht's? Mal schauen, wie lange wir heute zur Schule müssen. Vielleicht können wir ja nachher noch ein wenig im Müll stöbern und finden ja noch was", begrüßte Michael die beiden.

„Klar, logo, können wir nachher machen. Hast du deinen Jules Verne eigentlich wieder zusammenbekommen?", fragte Marlies.

„Darüber müssen wir nachher mal schnacken. Ich habe im Buch etwas sehr Seltsames gefunden. Dem müssen wir unbedingt mal auf den Grund gehen."

„Gefunden? Was denn?"

„Ich bin mir nicht sicher, aber es könnte so etwas wie eine Schatzkarte sein und ein Brief."

„Hää? Lag das so im Buch drinnen? Lass dir doch nicht jedes Wort aus der Nase ziehen", mischte sich Jürgen ein. „Hört sich spannend an!"

„Lasst uns nachher mal in der ersten großen Pause drüber reden. Mal was anderes: Habt ihr eigentlich Mathe und Deutsch gemacht? So ein Familienausflug kann ganz schön nerven. Wir sind erst spät wieder zu Hause gewesen und ich hatte keine Zeit mehr dafür. Ich muss noch kurz bei euch abschreiben."

„Okay, dann aber Tempo – Eddy Merckx[1] lässt grüßen."

Und schon war das Wettrennen eröffnet.

---

[1] Eddy Merckx – mehrfacher Radweltmeister und Tour-de-France-Gewinner

In der ersten Pause warteten Marlies und Jürgen schon auf Michael.

„Puuhhh, noch mal Glück gehabt, dass nicht nach den Hausarbeiten gefragt wurde. Der Schock mit dem Brand scheint ja doch etwas tiefer zu sitzen", lachte Michael.

„Ja, ja, du hast Glück gehabt. Wir hatten unsere Arbeiten ja. Dein Abschreiben bzw. Abschmieren hättest du doch selbst nicht lesen können. Aber nun erzähl mal", erwiderten die beiden ungeduldig.

Michael zeigte ihnen den Brief und die kleine gemalte Karte.

„Das lag zwischen der Seite 18 und 19 des Buches. Die beiden Seiten waren an drei Kanten zusammengeklebt, sodass der Brief und die Karte wie in einem Briefumschlag gelegen haben."

„Wahnsinn – und was bedeutet das?", fragte Jürgen.

„Arbeit", grinste Michael. „Wir müssen unbedingt herausfinden, was es mit dem Brand auf sich hatte und welcher Johann in der Hude wohnte."

„Was wohl bei dem Kreuz versteckt ist?", träumte Marlies und sah sich schon mit Perlenketten behängt und Krone im Haar durch ihr Schloss schreiten.

„Hallo. Halloooo – bist du noch bei uns?", neckte Michael und schnipste mit Daumen und Mittelfinger vor Marlies' Gesicht.

„Blödmänner", schimpfte Marlies und errötete leicht.

„Also, wir müssen erst einmal herausfinden, wann es hier gebrannt hat. Das kann doch nicht so schwierig sein. Viel leicht fragen wir alle mal unsere Großeltern. Gerade die Älteren müssten so was doch wissen."

„Och nö, dann müssen wir uns wieder die alten Kriegsgeschichten anhören. Hitlerjugend, BDM2 und dieser ganze Dritte-Reich-Mist. Mir reicht das schon in der Schule. Ich glaube auch nicht, dass das Buch, die Karte und das Schreiben aus der Kriegszeit stammen. Ist nur so ein Gefühl", sagte Jürgen.

„Vielleicht hätten wir in Geschichte und Heimatkunde doch besser aufpassen sollen, dann wären wir schon weiter."

„Sagt mal, Reinhold kennt sich doch gut in Geschichte aus. Er ist doch unser „Einsenschreiber". Was haltet ihr davon, wenn wir uns mal mit ihm kurzschließen?"

„Reinhold, diese Brillenschlange? Muss das wirklich sein?", schüttelte sich Marlies.

Michael nahm schlürfend einen letzten Schluck aus seiner Sunkist-Tüte, stellte sie auf den Boden und trat kräftig drauf. Die Tüte zerplatzte mit einem lautem Knall und Michael beschloss:

„Egal, was Reinhold für ein Typ ist, vielleicht kann er uns ja trotzdem weiterhelfen. Er muss ja nicht unbedingt unser Freund werden."

„Nein, Freundschaften mit Lohbrüggern, das geht ja gar nicht", gab Jürgen grinsend von sich.

„Alles, was nach der Eisenbahnbrücke anfängt, ist Kropptüch. Lohbrügge – bäääh."

---

[2] BDM – Bund Deutscher Mädel, war in nationalsozialistischer Zeit der weibliche Zweig der Hitlerjugend (HJ)

Michael schaute seine beiden Freude an.

„Nur weil unsere Väter und Großväter Streit mit den Lohbrüggern hatten, müssen wir doch nicht auch immer noch so denken. Hinter der Eisenbahnbrücke fängt zwar Lohbrügge an, aber die Welt ist dort nicht zu Ende. Denkt mal dran, wie viele Klassenkameraden aus Lohbrügge kommen, und Tina ist letztes Jahr mit ihren Eltern in diesen merkwürdigen Lindwurm in Lohbrügge-Nord gezogen. Denkt dran, mit Tina sind wir befreundet, obwohl sie jetzt in Lohbrügge wohnt. Und sie ist seitdem ja nicht zu einem Ungeheuer geworden. Reinhold wohnt glaube ich auch dort oben in einem der Hochhäuser. Kommt, wir schnacken mal 'ne Runde mit ihm.“

Michael war von seiner Denkweise her schon ein wenig „erwachsener“ als seine Freunde und konnte Vorurteile nicht ab. Schon oft hatte er deswegen seine Freunde zur Räson bringen müssen. Späße gegenüber Gastarbeiterkindern, die seit einiger Zeit vermehrt in den Schulen und Klassen vertreten waren, waren nicht lustig. Und Bemerkungen wie „Brillenschlange“ oder „Hase Cäsar“ waren für die betroffenen Kinder alles andere als schön.

„Jaja, schon gut, du Moralapostel.“

Marlies erinnerte sich gerne an Tina. Sie trafen sich immer noch häufig, obwohl Tina jetzt in ein sogenanntes „Brettergymnasium“[3] (Marlies konnte sich gar nichts darunter vorstellen) zur Schule ging. Sie war immer noch ihre Freundin, obwohl sie jetzt eine Lohbrüggerin war. War halt doch nur ein dummes Vorurteil, auf das die Lohbrügger aber witzigerweise auch immer Wert legten. Sie waren in Lohbrügge aufgewachsen, waren aber Bergedorfer. Ähnlich vielleicht

---

[3] Brettergymnasium – Gymnasium Lohbrügge an der Leuschnerstraße. Der Unterricht wurde in Holzbaracken durchgeführt, daher der Begriff „Brettergymnasium“

vergleichbar mit den Bergedorfern, die zwar zu Hamburg gehörten, aber in erster Linie Bergedorfer waren.

„Was meint ihr? Morgen ist doch Kinotag im Holstenkino.

Holsten Lichtspiele („Holstenkino"), Alte Holstenstraße

Wir wollten uns doch den Film „Reise in die Urzeit" ansehen, und 50 Pfennige für die Nachmittagsvorführung haben wir doch bestimmt über. Wir fragen Reinhold, ob er nicht mitkommen will. Danach werden wir dann wissen, ob er uns helfen kann oder will", schlug Michael vor.

„Grmmpfff, ich bin etwas knapp bei Kasse", stotterte Jürgen verlegen.

„Ach, das kriegen wir schon hin. Erzähle deinen Eltern, dass wir gerade die Kreide- und die Jurazeit in der Schule durchnehmen und dass das ein sogenannter Lehrfilm ist. Falls das nicht klappt, schießen wir das Geld vor", sagte Michael, und Marlies nickte ebenfalls eifrig.

„Außerdem ist das noch nicht einmal gelogen, denn der Film, der von vier Jungen handelt, die mit einem Floß unterwegs sind und zufällig bei der Durchfahrt einer Höhle in der Kreidezeit landen, ist richtig spannend und wirklich lehrreich."

Tina hatte ihr letztens erzählt, dass der Film vor Kurzem im Gymnasium im Unterricht gezeigt worden war. Er gehörte zu den Leihfilmen der Hamburger Schulen, die unregelmäßig in den Unterrichten gezeigt wurden. Sie war hin und weg gewesen.

„Jetzt können wir ihn sehen und in unserer Aula wird in der nächsten Zeit sowieso nichts vorgeführt oder gezeigt werden können", ergänzte Marlies Michael.

http://de.wikipedia.org/wiki/Reise_in_die_Urzeit

Anmerkung des Autors: Wirklich ein toller Film, den wir auch damals im Unterricht sehen durften.

„Abgemacht, so machen wir es."

Das Klingeln der Schulglocke kündigte das Ende der Pause an.

„Was haben wir jetzt?"

„Chemie!"

„Man, habe ich eine Lust."

In der nächsten Pause trafen die drei sich mit Reinhold...

Reinhold war im Ersten überrascht am Interesse der drei an seiner Person, freute sich aber, mit ihnen ein Rätsel lösen zu können.

Nachdem sie sich nachmittags den Film im Holstenkino angesehen hatten, fuhren sie gemeinsam mit ihren Fahrrädern nach Lohbrügge. Reinhold war grob über das Jules-Verne-Buch informiert worden. Er lud die drei in die Wohnung seiner Eltern ein und freute sich, endlich Kontakt zu anderen Kindern zu bekommen. Seine Mutter würde jetzt mittlerweile auch zu Hause sein. Sein Vater und seine Mutter waren beide berufstätig – seine Mutter halbtags – und er war ein sogenanntes „Schlüsselkind". Sie wohnten in der Korachstraße 7 in der 13. Etage. Marlies, Jürgen und Michael staunten Bauklötzer über die Aussicht, die sie vom Küchenbalkon aus hatten. Freier weiter Ausblick über das sogenannte „Grüne Zentrum" in Lohbrügge-Nord.

Blick auf den im Bau befindlichen Sportplatz des VfL Lohbrügge

„Das ist ja ein toller Ausblick. Da unten wohnt irgendwo Tina. Das ist doch der Lindwurm, oder?", fragte Marlies.

„Ja, das ist der Lindwurm. Ganz rechts ist die Schule Binnenfeldredder, und dort ist auch der Tonteich, in dem wir im Sommer, der jetzt ja vor der Tür steht, baden. Dort ist auch der Spielplatz mit unserer Barkasse und dem Hubschrauber", erklärte Reinhold.

„Hubschrauber auf einem Sportplatz – das ist ja cool", rief Jürgen bewundernd. „Lohbrügge ist doch nicht so schlecht."

„Ja, und jetzt ist ein Seifenkistenrennen geplant und ein Sommerfest mit Riesenfeuerwerk", ergänzte Reinhold. „Aber ihr seid doch nicht hier, um die schöne Aussicht zu bewundern."

„Wollt ihr Cola und Kartoffelflips?", fragte in diesem Moment Reinholds Mutter, die gerade von der Arbeit kam.

71

Reinhold sah die drei fragend an und sie nickten.

„Ja Mutti, wir gehen jetzt auch in mein Zimmer."

Sie schlossen die Balkontür mit einem sehnsüchtigen Blick – der Ausblick war schon genial – und gingen in Reinholds Kinderzimmer. Sie setzten sich auf den Teppich und Michael holte den Brief und die Karte heraus.

In dem Moment brachte Reinholds Mutter die Cola und die Flips.

„Was spielt ihr denn?"

„Mutti, wir gehen die Erdzeitalter der Kreidezeit und deren Saurierarten Stegosaurus, Plesiosaurus und den Archaeopteryx durch, die wir alle in dem Film gesehen haben. Wir schreiben darüber nächste Woche eine Arbeit", antwortete Reinhold.

„Na dann, viel Spaß, und denkt daran, dass deine drei Freunde auch noch vorm Dunkelwerden nach Hause müssen."

„Jaaaa, Mutti." Reinhold drängte seine Mutter sanft aus der Tür.

„Also, um was geht's?"

Michael zeigte auf die beiden Papierstücke und erzählte, wie er sie gefunden hatte. Reinhold nahm den Brief in die Hand und begann zu lesen. Währenddessen inspizierten Marlies und Jürgen das Kinderzimmer. Sie waren begeistert, als sie die Schallplatten von den Beatles, den Rattles und den Stones entdeckten. Kurz darauf erklangen aber auch Würggeräusche, als sie Singles von Rex Gildo und Caterina Valente entdeckten. Reinhold schaute kurz hoch und grinste.

„Sind nicht meine, der Plattenstapel und der Bruns-Plattenspieler waren letztes Wochenende im Schrebergarten meiner Eltern in Benutzung. Ich hatte bisher keine Zeit, die Platten auseinanderzusortieren. Das sollte ich mal wagen. Macht doch mal was an – was haltet ihr von den Archies oder Desmond Dekker?"

„Hast du noch einen Singlestern oder einen Puck?"

„Den Puck haben meine Eltern in der Gartenlaube vergessen, aber in der Heintje-Single ist glaube ich noch ein Stern. Nehmt den doch."

Wie aus einem Mund erklang wie abgesprochen:

„Aber Heidschi bumbeidschi bum bum", und schon lagen sie lachend auf dem Teppich.

Nachdem die ersten Töne von „Sugar, Sugar" von den Archies erklangen, widmeten sie sich wieder den Papierstücken.

Reinhold hielt den Brief in der Hand und sagte: „Hier ist die Lösung drin."

„Ja, aber welche?", fragte Michael.

„Wir müssen rausfinden, wann es in Bergedorf oder im Umkreis mal gebrannt hat und wo ein Rathaus in Gefahr war und was eine Geldkatze ist."

„Ich würde sagen, dass wir uns nächste Woche in der Lohbrügger Bücherhalle treffen und dort mal zu forschen beginnen", schlug Reinhold vor. „Diese Woche habe ich leider keine Zeit mehr."

„Können wir uns nicht in der Bergedorfer Bücherhalle treffen, dann müssen wir nicht die ganze Lohbrügger Landstraße raufstrampeln?", fragte Michael.

„Ich kenn mich aber in der Lohbrügger Bücherhalle bestens aus und wir sparen Zeit", gab Reinhold zu bedenken.

„Na gut, so machen wir es."

Die vier hörten sich noch einige Platten an, sponnen sich Geschichten zur Geldkatze zusammen und hatten viel Spaß. Reinhold schien auch nicht so verkehrt zu sein, und so machten sie sich auf den Weg heimwärts.

Eine tolle Tour, nur bergab, am Bergedorfer Eisenwerk vorbei, Chrysanderstraße, Schillerufer (im Bille-Bad war nichts mehr los), Augustastraße, Schulenbrooksweg und Möllers Kamp.

Erschöpft kamen sie zu Hause an und hörten sich das obligatorische „Wo kommt ihr denn jetzt erst her? Habt ihr keine Uhr?" an.

„Ja, Mama. Ja, Vati..."

Allerdings war alles gut, als sie erzählten, dass sie mit dem Klassenprimus an einem Projekt arbeiteten.

10. Kapitel   Erste Spuren

Am Mittwoch der darauffolgenden Woche war es dann endlich so weit. Jeder des vierblättrigen Kleeblattes hatte Zeit, und so verabredeten sie sich direkt nach der Schule und fuhren mit dem Fahrrad gemeinsam zur Lohbrügger Bücherhalle, schräg gegenüber dem Heidkampsredder/Hofweide. Sie schlossen ihre Räder vor dem kleinen „Glaspalast" an, zeigten ihre Bücherhallenausweise und begaben sich zielstrebig in die „Hamburg-Ecke", in der neben Reiseführern auch Geschichtsbücher einsortiert waren.

„Was suchen wir also? Einen großen Brand in oder um Hamburg, der vermutlich nicht aus dem Zweiten Weltkrieg stammte, sondern davor gewesen sein muss. Es muss das Rathaus in Gefahr gewesen sein. Kann einer von euch einmal in der Kartei nachsehen, ob er etwas zu dem Begriff „Geldkatze" findet?", teilte Reinhold die drei Freunde ein und gab ihnen Aufgaben.

Mit Büchern beladen trafen sie sich an einem der unbesetzten Lesetische und fingen an zu blättern und zu lesen. Nach einiger Zeit waren auch die ersten Ergebnisse vorhanden: In einem Buch hatte Michael den Begriff Geldkatze entdeckt und in den Fußnoten hierzu gelesen, dass die Geldkatze in der Mitte des 19. Jahrhundert häufig benutzt worden war. Die Geldkatze des 19. Jahrhunderts war ein schlauchartig genähter, an beiden Enden verschlossener Beutel aus Leder, meist aber Gestrick- oder Häkelarbeit. An der Längsseite befindet sich ein länglicher Schlitz. Wird dieser Schlauch über den Gürtel gehängt, so entstanden zwei Säckchen, in denen das Geld aufbewahrt wurde. Das Säckchen kann nach außen oder nach innen in der Kleidung getragen werden. Weil der Schlitz an der Längsseite ist, die über dem Gürtel liegt, können die Münzen nicht versehentlich verloren gehen. Oft wurden zusätzlich zwei Metallringe als Verschluss angebracht. Beim Zahlen wurde die Katze vom Gürtel genommen.

„Kinnings[4] ich glaube, ich habe etwas gefunden. Lasst uns unsere Suche mal auf die Zeit zwischen 1800 und 1899 einschränken, da die Geldkatze in dieser Zeit häufig benutzt wurde", gab Michael stolz sein Wissen zum Besten.

Marlies und Jürgen atmeten tief durch.

„Gott sei Dank, ich quälte mich gerade mit der Weimarer Republik und der Inflation herum. Freiwillig lernen – pfui Deibel. Ich mochte das Thema schon in unserem Schulunterricht nicht", antwortete Marlies zufrieden.

„Ich hatte gerade ein Buch über Klaus Störtebeker am Wickel", sagte Jürgen.

„Den ollen Pirat?", fragte Michael. „Was willst du denn mit dem?"

„Naja, Schatz, Hamburg, passt doch. Und er ist auf dem Grasbrook geköpft worden. Das Buch muss ich mir mal merken, das werde ich mir bestimmt noch einmal ausleihen", sagte Jürgen.

„Das kannst du auch von mir haben", erklang die Stimme von Reinhold hinter ihnen, der gerade mit einem neuen Stapel Bücher wiederkam.

„Hier Leute, alles Bücher vom Hamburger Brand im Jahre 1842. Ich hatte nicht gedacht, dass das so weit zurückgehen würde, aber alles spricht dafür, dass es sich bei deinem Brief und das darin Beschriebene um den Hamburger Brand handelt. Ich schlage vor, dass wir jeder zwei Bücher ausleihen und schauen, ob wir mithilfe der Bücher etwas herausfinden. Was meint ihr, einverstanden?"

---

[4] Kinnings – norddeutscher Ausdruck für „Kinder". Früher oft benutzte Anrede, z. B.: Kinnings, stellt euch nicht so an!

Alle waren mit dem Vorschlag einverstanden und begaben sich mit ihren Büchern zum Tresen, in der die Bücherkarte weitergestempelt und der Entleiher eingetragen wurde. Jeder hatte, wie vorgeschlagen, zwei Bücher ausgeliehen, nur Jürgen hatte es sich nicht nehmen lassen, zusätzlich „die Legende von Klaus Störtebeker" vom VEB Hinstorff Verlag 1960 auszuleihen.

Nachdem Michael, Marlies und Jürgen sich von Reinhold verabschiedet hatten, fuhren sie nach Hause, alle in Vorfreude auf die Bücher aus der Bücherhalle. Leider bestand das Schülerleben von 12- und 13-Jährigen nicht nur aus Abenteuern, Spielen und Fernsehen, sondern auch aus Schularbeiten, und das nicht zu wenig. Die Nachforschungen kamen die nächsten Tage und Wochen nur langsam voran, und erschwerend kam natürlich auch noch hinzu, dass eine vordergründig wesentlich wichtigere Angelegenheit in den Fokus von Teenagern rückte: „Apollo 11".

„Apollo 11" war eine Raumfahrtmission im Rahmen des Apollo-Programms der US-amerikanischen Raumfahrtbehörde NASA und der erste bemannte Flug zum Mond, der eine Landung und eine sichere Rückkehr auf die Erde zum Ziel hatte. Die Mission verlief erfolgreich und erfüllte die 1961 von US-Präsident John F. Kennedy erteilte Aufgabe an die Nation, noch vor Ende des Jahrzehnts einen Menschen zum Mond und wieder sicher zurück zur Erde zu bringen.

Sonderausgabe des Hamburger Abendblatts zur Mondlandung

Die drei Astronauten Neil Armstrong, Edwin „Buzz" Aldrin und Michael Collins starteten am 16. Juli 1969 mit einer Saturn-V-Rakete von Launch Complex 39A des Kennedy Space Center in Florida und erreichten am 19. Juli eine Mondumlaufbahn. Während Collins im Kommandomodul des Raumschiffs „Columbia" zurückblieb, setzten Armstrong und Aldrin am nächsten Tag mit der Mondlandefähre „Eagle" auf dem Erdtrabanten auf. Wenige Stunden später betrat Armstrong als erster Mensch den Mond, kurz danach auch Aldrin. Nach einem knapp 22-stündigen Aufenthalt startete die Landefähre wieder von der Mondoberfläche und kehrte zum Mutterschiff zurück. Nach Rückkehr zur Erde wasserte die Columbia mit den drei Astronauten am 24. Juli rund 25 Kilometer vom Bergungsschiff USS Hornet entfernt im Pazifik südlich des Johnston-Atolls (http://de.wikipedia.org/wiki/Apollo_11).

Bei der Fernsehübertragung der Mondlandung 1969 verfolgten weltweit rund 600 Millionen Menschen das Ereignis.

Auch für die vier Freunde war „Apollo 11" das Highlight, und sie durften sich in der Nacht sogar die Mondlandung live im Fernsehen ansehen.

Nach Beendigung des Raumfahrtabenteuers wurden wieder die Nachforschungen aktiviert. Marlies, Jürgen, Michael und Reinhold hatten die Bücherausleihfrist verlängert, und so grübelten sie teilweise alleine, aber hauptsächlich bei häufigen Treffen miteinander, an einer Lösung.

In der ersten Augustwoche fand Reinhold ein weiteres Puzzleteil. Beim Treffen bei Marlies zu Hause zeigte Reinhold erneut, was in ihm als Klassenprimus steckte:

„Also, wenn ich deinen Brief richtig interpretiere, hat derjenige, der den Brief geschrieben hat, bei der Bekämpfung des Feuers in Hamburg geholfen. Er war also vermutlich ein Feuerwehrmann. Dabei sind wohl auch einige Feuerwehrmänner und Freunde von denen getötet worden. Der Schreiber, der in der Hude wohnte, stammt demnach aus Bergedorf, derjenige mit der Karte kam wohl verletzt nach Bergedorf, während „Johann" den Brand noch weiterhin bekämpfte."

Nachdem Reinhold den anderen Details zum Hamburger Brand nähergebracht hatte und ihnen die Ausmaße erklärt hatte, war doch die Erschütterung in den Gesichtern der drei zu erkennen.

„Oh Gott, so viele Tote", stammelte Marlies.

„Ja, und manche davon waren die Freunde von Johann und Georg. Interessanterweise wurde zum Zeitpunkt des Brandes auch die Bahntrasse nach Hamburg eröffnet. Sie wurde benötigt, um Verletzte aus Hamburg abzuholen und Feuerwehrmänner nach Hamburg zu bringen. In einem Gebäude am Frascatiplatz wurden die Verletzten gepflegt. Ich nehme an, dass dort dieser Georg untergebracht worden war", vollendete Reinhold seine Ausführungen.

Marlies, Jürgen und Michael hingen an den Lippen von Reinhold.

„Dann suchen wir also einen Feuerwehrmann namens Johann aus der Hude aus dem Jahr 1842 und einen Verletzten namens Georg. Wie sollen wir das denn schaffen?", fragte Jürgen sichtlich verwirrt.

„Ich würde vorschlagen, dass wir einmal unseren Geschichtslehrer fragen. Mal sehen, ob der uns helfen kann", antwortete Reinhold.

„Oder wir fragen jemanden aus dem Bergedorfer Schloss, die müssten doch wissen, wie man jemanden findet. Vielleicht haben die ja auch alte Karten aus dem 19. Jahrhundert. Das können wir doch am 13. August abklären, da haben wir ja sowieso den Klassenausflug in das Bergedorfer Schloss. Was meint ihr?", fragte Michael in die Runde.

„Das ist eine gute Idee, so machen wir es", stimmten alle zu.

Und so war es beschlossene Sache.

11. Kapitel   Das Bergedorfer Schloss

Am frühen Morgen des 13. August trafen sich Michael und seine Klassenkameraden vor der Hansaschule. Es versprach ein schöner Tag zu werden, 20 Grad, gerade richtig für eine kleine Wanderung zum Bergedorfer Schloss.

Hansaschule

Michaels Klassenlehrer, Herr Mewes, hatte alle Hände voll zu tun, die Rasselbande mit 12- bis 13-jährigen Teens zum Schloss zu führen, aber er hatte seine Schüler im Griff. Entlang des Schillerufers kamen sie nach einiger Zeit zum Schlosspark und zum Schlosseingang. Herr Mewes sprach kurz mit der Dame an der Kasse, zahlte den Preis für eine Gruppenführung und rief noch einmal seine Schüler zusammen:

„Wir werden jetzt eine Führung durch das Schloss bekommen. Ich möchte, dass ihr euch benehmt und den Worten von Herrn Pedersen lauscht. Herr Pedersen wird uns einiges zur Bergedorfer Geschichte und zu den Ausstellungsstücken erzählen. Lauscht seinen Ausführungen, am Montag wird darüber eine Klassenarbeit geschrieben."

Ein kurzes Aufstöhnen war natürlich die Folge von der Androhung der Klassenarbeit, aber schon meldete sich Herr Pedersen zu Wort:

„Moin allerseits, mein Name ist Pedersen und ich bin Ihr Museumsführer."

Ein kurzes Kichern und Glucksen machte sich breit, da die Schüler es nicht gewohnt waren, in ihrem Alter gesiezt zu werden.

„Dann kommen Sie mal rein in die gute Stube. Bitte fassen Sie nichts an und fragen Sie, wenn Ihnen etwas unklar ist. Beachten Sie bitte, dass sich auch weitere Gäste in unserem Museum aufhalten und sich die Exponate und Ausstellungsstücke in Ruhe – ich betone noch einmal: IN RUHE – ansehen möchten. Deswegen bitte: Silencium."

Sie betraten den ersten Ausstellungsraum, und sofort verteilten sich die Schüler vor den unterschiedlichen Glas- und Schaukästen und fingen an, ihre Späße zu machen.

Herr Mewes sah sich gezwungen sich einzumischen:

„Ist es so schwer zu verstehen, was Herr Pedersen und ich sagten? Noch einmal! Wenn hier nicht gleich Ruhe ist, können wir das auch alles abbrechen und uns sofort wieder zurück zur Schule begeben. Ich habe heute Nachmittag noch nichts vor, und ihr habt doch bestimmt auch nichts dagegen, ein wenig nachzusitzen. Ich würde euch die Gelegenheit geben, euch die Bergedorfer Geschichte selbst aus Büchern zu erarbeiten und danach einen kleinen Test zu schreiben. Was haltet ihr davon?"

Sofort war alles mucksmäuschenstill, und Herr Pedersen konnte mit seinen Ausführungen beginnen.

Die Führung dauerte 60 Minuten. Einige der Museumsgäste folgten interessiert der Horde Schulkinder und taten so, als wenn sie sich die Auslagen ansahen, lauschten dabei aber natürlich den für sie kostenlosen Erklärungen. Michael fiel dabei ein dunkelhaariger, gut gekleideter junger Mann auf, der scheinbar ein großes Interesse an den Münzen und den Silberbechern hatte. Immer wieder schaute er sich die Ausstellungsstücke an und fotografierte diese und den Ausstellungsraum.

„Entschuldigen Sie bitte. Wenn Sie hier fotografieren wollen, dann aber bitte ohne Blitzlicht", wies Herr Pedersen den Besucher förmlich und nett zurecht.

„Ist ja schon gut, das wusste ich nicht", antwortete der dunkel gekleidete Mann und machte noch schnell ein neues Foto.

Michael kam es vor, als ob er dabei nicht die Ausstellungsstücke, sondern den Ausstellungsraum fotografierte.

„Bitte machen Sie jetzt Ihre Kamera aus. Überall sind Hinweisschilder angebracht, dass Sie hier nur ohne Blitzlicht fotografieren dürfen. Die Exponate sind teilweise sehr lichtempfindlich. Bitte halten Sie sich daran, sonst muss ich Sie bitten, die Ausstellungsräume zu verlassen."

„Jaja, ich wollte sowieso gerade gehen. Schöne Stücke haben Sie hier. Ich werde gerne noch einmal wiederkommen", antwortete der junge Mann und deutete spöttisch eine kleine Verbeugung an.

„Ich wünsche Ihnen noch eine schönen Tag, und vielleicht sehen wir uns später noch einmal."

Michael guckte fragend seine drei Freunde an, ob sie auch diese merkwürdige Unterhaltung zwischen Herrn Pedersen und dem jungen Mann mitbekommen hatten.

„Was war das denn für eine Flitzpiepe?[5] Merkwürdiger Typ", sagte Michael zu den dreien und schüttelte den Kopf.

„Denkt bitte daran, dass wir uns zusammen noch bei Mewes abmelden. Wir können ihm ja sagen, dass wir bei Herrn Pedersen noch etwas genauer erfragen müssen, damit wir für die Klassenarbeit gut vorbereitet sind."

Interessiert folgten sie den weiteren Ausführungen von Herrn Pedersen, besonders die zur Eröffnung der Bahnstrecke Bergedorf–Hamburg im Jahre 1842.

„So, das war der Rundgang und die Führung durch das Bergedorfer Schloss. Vielen Dank für Ihre Aufmerksamkeit. Vorne beim Eingang können Sie noch Ansichtskarten vom alten Bergedorf oder einen Bergedorfer-Schloss-Kalender erwerben. Der könnte ja wichtig sein für eure Klassenarbeit", zwinkerte Herr Pedersen den Schülern freundlich zu.

Jetzt waren sie wieder Kinder und keine Personen, die gesiezt werden mussten.

Nachdem sich die vier bei ihrem Klassenlehrer abgemeldet hatten, gingen sie noch zum Kassenbereich, in dem Herr Pedersen sich mit der Kassiererin unterhielt. Im Hintergrund war am Verkaufstisch der junge Mann zu sehen, der in den Alben mit den Ansichtskarten blätterte, aber über den Rand hinweg den Kassenbereich beobachtete.

---

[5] Flitzpiepe – norddeutsch & mitteldeutsch: Mensch, der nicht ernst genommen wird

Michael stutzte, aber er versuchte, den Mann zu ignorieren, der sich irgendwie merkwürdig benahm.

„Herr Pedersen, haben Sie ein paar Minuten Zeit für uns?"

„Hallo Kinners, um was geht es denn? Angst vor der Klassenarbeit?", scherzte Pedersen.

„Nein, bitte schauen Sie sich das einmal an. Wir haben vor Kurzem einen Brief und eine Karte mit einem Kreuz darauf gefunden und wir denken, dass der Brief und die Karte irgendetwas mit Bergedorf zu tun haben. Wir haben selbst ein wenig Detektiv gespielt und denken, dass es irgendetwas mit dem Hamburger Brand zu tun haben könnte."

Sie legten den Brief und die Karte auf den Kassentisch. Aus den Augenwinkeln sah Michael, dass der dunkelhaarige junge Mann sich erhob und eine Anzahl von Ansichtskarten, die alle das Bergedorfer Schloss zeigten, in der Hand hielt. Er stellte sich – wie zufällig – zu ihnen und sah interessiert auf die beiden Zettel.

„Ihr meint den Brand 1842? Und wie kommt ihr dabei auf Bergedorf?", fragte Pedersen.

Reinhold mischte sich in die Unterhaltung ein und klärte Pedersen über deren Nachforschungen und Ergebnisse auf. Michael nutzte die Gelegenheit und konzentrierte sich auf den dunkelhaarigen Kerl, der noch immer so tat, als ob er die Ansichtskarten bezahlen wollte. Er bemerkte den Blick von Michael und zwinkerte ihm zu, worauf Michael aber nicht einging.

In der Zwischenzeit hatte Pedersen den Brief durchgelesen und musterte interessiert die Karte.

„Wie heißt du? Schreib mal deinen Namen und deine An-schrift auf. Das sieht wirklich interessant aus. Vielleicht ha-ben wir ja tatsächlich einen Schatz in Bergedorf hier liegen. Die Skizze könnte eventuell auf den Serrahn hindeuten, aber ich werde die Unterlagen mal meinem Chef vorlegen. Seid ihr einverstanden, wenn wir die beiden Zettel hierbehalten? Wir können euch ja eine Kopie machen", schlug Pedersen vor.

„Ich dachte, die Exponate seien so lichtempfindlich?", misch-te sich der Dunkelhaarige in die Unterhaltung ein.

„Ach, Sie schon wieder. Lassen Sie das bitte unsere Sorge sein, wir verstehen unser Handwerk und wissen damit umzu-gehen. Möchten Sie das bezahlen? Renate, kassiere doch bitte den Herrn ab", wandte sich Pedersen genervt an die Kassiererin.

„Zwölf Karten à vier Mark. Das macht 48 Mark."

Der Dunkelhaarige legte einen 50-DM-Schein auf den Kas-sentresen und sagte mit einem Nicken Richtung Herrn Pe-dersen:

„Der Rest ist für Sie, für die informative Führung. Besten Dank, bis zum nächsten Mal."

Der merkwürdige Typ nahm seine Karten, tippte lässig gegen seine Stirn und verließ das Schloss.

Michael drehte sich zu seinen Freunden um und sagte:

„Was für ein Arsch!", und grinste die anderen an.

„Herr Pedersen, natürlich können Sie die beiden Zettel hier-behalten. Meinen Sie wirklich, dass es sich um einen Schatz handeln könnte?"

„Abwarten, ich sag euch Bescheid, wenn wir was herausgefunden haben. Wir haben die Möglichkeit, über alte Adressbücher eventuell euren Johann oder Georg ausfindig zu machen. Dann kommen wir vielleicht auch mit der vermeintlichen Schatzkarte weiter. Ich mach euch mal eben eine Kopie – wartet einen Moment."

Kurze Zeit später kam er wieder zurück und gab Michael, Mareike, Jürgen und Reinhold jeweils eine Kopie der Karte und des Briefes.

„Hier, das ist auch für euch."

Pedersen reichte Reinhold einen Bergedorfer-Schloss-Kalender.

„Blättert und lest euch auf jeden Fall die Geschichte vom Bau der Bergedorfer Eisenbahnlinie nach Hamburg mit durch. Das wird bestimmt mit eurer Geschichte zusammenhängen."

„Oh toll, danke – werden wir machen. Vielen Dank, Herr Pedersen."

„Dafür nicht – wir werden uns bei euch melden, sobald wir etwas herausgefunden haben. Kann aber etwas dauern, da wir noch einige Projekte am Laufen haben."

„Tschüss."

Nachdem sie das Schloss verlassen hatten, sahen sie draußen den Dunkelhaarigen, wie er immer wieder neue Fotos vom Schloss machte. Marlies deutete einen Scheibenwischer vorm Gesicht an, und schon machten sie sich auf den Weg zu Herrn Mewes, der beim Löwen am Eingang mit den Schülern wartete.

„Wollt ihr uns verraten, was ihr noch mit Herrn Pedersen zu bereden hattet?"

„Nein, das ist ein Geheimnis – wir sagen nur: „Schatzsuche"."

„Ihr Tünbütel", lachte Mewes.

„Dann lasst Jürgen, Michael, Reinhold und Marlies mal zusammen mit den Schlossgeistern einen Schatz suchen. Wir haben noch einen langen Rückweg. Auf geht's!"

Einige Tage später spitzten sich die Ereignisse in Bergedorf dramatisch zu.

12. Kapitel   Spurensuche

Nach ihrem Besuch im Bergedorfer Schloss hatten Marlies, Jürgen, Michael und Reinhold die Angelegenheit etwas verdrängt, da sich jetzt ja Fachleute darum kümmerten. Außerdem würde ja sich das Museum bei ihnen melden, falls sie etwas herausfinden würden. Keiner der vier glaubte so richtig daran, dass sie jemals wieder etwas von Herrn Pedersen hören würden. Eher, dass die Unterlagen in einem der Archive Staub ansetzen würden. Sie waren ja schließlich nur Schulkinder. Umso erstaunter waren die vier, als sie am 15. August morgens von ihrem Klassenlehrer, Herrn Mewes, abgefangen wurden:

„Sagt mal, das stimmt ja tatsächlich, was ihr gesagt hattet. Es geht ja tatsächlich um einen Schatz. Ihr sollt heute, nach der Schule, unbedingt ins Bergedorfer Schloss zu Herrn Pedersen kommen. Er hat einiges mit euch zu besprechen. Was er gesagt hat, hört sich richtig spannend an. Berichtet bitte am Montag mir und der Klasse einmal von eurer Schatzkarte und eurem heutigen Besuch. Den Test zur Bergedorfer Geschichte lassen wir dann auch ausfallen – ihr wandelt ja selbst gerade auf den Pfaden der Bergedorfer Geschichte. Für euch ist jedenfalls nach der vierten Stunde heute Schluss."

Die vier sahen sich an wie Kühe, die zum Melken geführt worden waren. War an der Sache doch mehr dran, als sie es sich in ihrer Fantasie ausgemalt hatten? Waren sie die neuen Schliemanns oder Carters, die etwas entdecken würden?

Wir werden berühmt und reich – die Gedanken schwirrten nur so in ihren Köpfen umher und sie konnten nicht mehr klar denken. Lehrer Mewes merkte das natürlich und schickte sie schon nach der zweiten Stunde los Richtung Bergedorfer Schloss.

„Schießt in den Wind, mit euch ist eh nichts mehr anzufangen. Aber vergesst nicht: Montag, Referat vor der Klasse – alle vier. Thema: „Der Bergedorfer Schatz"."

Eine halbe Stunde später betraten Marlies, Jürgen, Michael und Reinhold den Kassenraum des Bergedorfer Schlosses und fragten nach Herrn Pedersen. Nach einer kurzen Wartezeit kam Herr Pedersen mit einem Mitarbeiter des Schlosses zu ihnen und führte sie in einen Nebenraum.

„Darf ich vorstellen, das ist Herr Freudenthal. Er beschäftigt sich mit Hamburger und Bergedorfer Geschichte. Er möchte euch einiges zeigen, was wir herausgefunden haben, und was auch ihr recherchiert habt. Vielleicht haben wir einen echten Anhaltspunkt gefunden, der uns bei der Suche nach einem eventuellen Schatz helfen kann."

„Wieso eventuell, da ist 100-prozentig ein Schatz", platzte es aus Marlies heraus. „Da ist ja schließlich auch ein Kreuz auf der Karte!"

Herr Freudenthal lachte. Er war ein noch junger Mann, dem die Begeisterung der Schüler ausgesprochen gut gefiel, zumal es sich um seine Arbeit und sein Hobby handelte: die Bergedorfer und Hamburger Geschichte.

„Nicht jedes Kreuz bedeutet automatisch auch, dass dort ein Schatz versteckt ist. Aber mit Sicherheit ist an dieser Stelle irgendetwas Besonderes. Wir haben den Platz oder Ort ziemlich exakt eingegrenzt und wissen vermutlich recht konkret, wo sich dieser befindet. Wir werden uns Montag mit dem Denkmalschutzamt in Verbindung setzen und klären, ob wir die Stelle genauer untersuchen können."

„Können wir nicht einfach mal nachsehen?", schlug Michael aufgeregt vor. „Eine Schaufel finden wir schon selbst."

Freudenthal schmunzelte: „Keine Chance. Gemäß § 15 Denkmalschutzgesetz müssen Ausgrabungen und Suchen genehmigt werden. Die Genehmigung steht noch aus, aber nächste Woche könnte es theoretisch losgehen. Schaut euch einmal an, was wir herausgefunden haben", sagte er und legte mehrere Blätter Papier auf den Tisch.

„Das ist eure Karte.

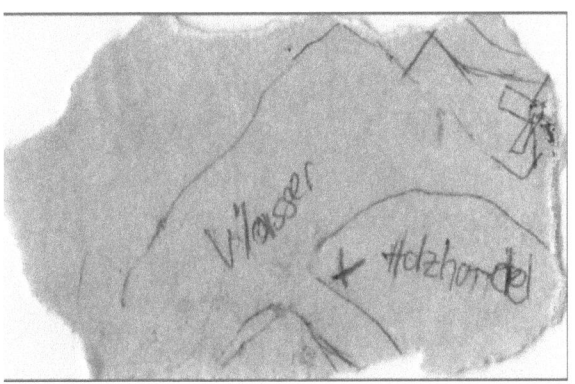

Und das ist eine Bergedorf-Karte aus 1840."

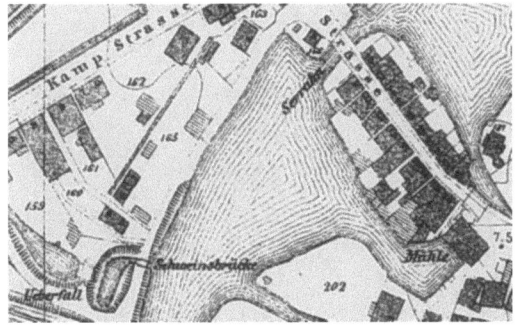

Ehrfurchtsvoll bestaunten die vier die uralte Bergedorf-Karte, aber allen fiel sofort auf, dass sich diese Karte in vielen Punkten mit denen aus ihrer Kartenskizze deckte. Naja, die

Mühle war keine Mühle im herkömmlichen Sinn, aber doch eine Kornwassermühle mit Schwungrad. Und so hat sich die Stelle bis heute verändert.

um 1920

um 1940

um 1969

„Das ist doch die Holzhandlung Behr auf der Behrschen Insel beim Kupferhof. Da soll der Schatz vergraben sein? Ist ja knorke[6], rief Michael und stieß Reinhold in die Seite.

Kupferhof Holzhandlung Behr   Zeynspeicher

[6] knorke – gehört seit den 1930er-Jahren auch zum Sprachgebrauch der norddeutschen Jugend und bedeutet: gut, klasse super

„Noch mal, Jungs. Es muss kein Schatz sein. Aber das werden wir uns nächste Woche einmal ansehen, sofern wir die Genehmigung bekommen."

„Ach, dann ist noch nicht einmal klar, ob überhaupt gesucht werden darf?", fragte Reinhold unwirsch.

Herr Pedersen mischte sich ein.

„Kinnings, nun wartet doch ab. Wir gehen davon aus, das wir die Genehmigung bekommen, da wir einen guten Draht zum Amt haben. Wir möchten euch aber bitten, über unser Vorhaben zu schweigen."

„Wir sollen aber ein Referat am Montag darüber halten", jammerte Marlies.

„Ich werde nachher noch einmal mit eurem Klassenlehrer sprechen. Ihn werde ich unser Vorhaben erzählen und ihm wird klar sein, dass ihr euer Referat später halten müsst."

„Na toll, also doch ein Test am Montag!"

Pedersen und Freudenthal sahen sich verständnislos an und fuhren mit ihren Erklärungen fort.

Sie klärten die vier über die Suche nach Georg und Johann auf und zeigten ihnen in den Adressbüchern aus 1842 einen Zimmermeister Krützmann, der damals im Holzlager gearbeitet hatte und auch Wehrführer gewesen war.

„Das wird vermutlich euer Johann gewesen sein, über einen Georg konnten wir nichts herausfinden."

Herr Freudenthal erzählte den vieren noch einiges über den Hamburger Brand 1842 und „die Wittkittel". Anhand vieler Fotos und Bilder aus Büchern konnten sie sich vorstellen, was für eine Feuerhölle das damals gewesen sein musste.

Die Stunden vergingen wie im Flug, und gegen 15:00 Uhr verabschiedeten die vier sich von Herrn Freudenthal. Herr Pedersen hatte in der Zwischenzeit seine Schlossführungen wieder aufgenommen.

Beim Löwen am Eingang des Schlosses trennten sich ihre Wege. Reinhold fuhr Richtung Lohbrügge – er wollte sich noch bei Burgdorf in der Alten Holstenstraße die neuen Matchbox-Modelle ansehen.

Alte Holstenstrasse Burgdorf

Marlies, Jürgen und Michael fuhren aufgeregt plappernd nach Hause und verabredeten sich für Samstagmorgen, den 16. August. Einen Morgen, den sie nicht so schnell vergessen würden – doch davon ahnten sie derzeit noch nichts.

13. Kapitel   Feuersbrunst

Wieder schlugen die Feuersirenen in der Nacht gellend an und machten die Bevölkerung darauf aufmerksam, dass es irgendwo in Bergedorf erneut brannte. Gerade hatte man noch das Feuer in der Hansaschule im Gedächtnis, und nun brannte es schon wieder. Sofort war auch das obligatorische „Tatütata" der Feuerwehren zu hören. Von der Anzahl der vielen Sirenen der Feuerwehren her schien es sich um einen größeren Brand zu handeln. Ging hier in Bergedorf ein Feuerteufel umher?

Am Samstag, den 16. August, wurde Michael früh morgens wach und war erstaunt, dass er eine lautstarke, aufgeregte Unterhaltung aus der Küche hörte. Er war noch immer ganz verschlafen, denn er hatte eine unruhige Nacht hinter sich und hatte von Sirenen und Feuerwehren geträumt, und dass das Rathaus in Gefahr sei.

„Was'n los?", fragte er, nachdem er die Treppe runtergegangen war, verschlafen seine aufgeregten Eltern.

„Ja, hast du denn nichts bekommen? Die Holzhandlung Behr am Serrahn ist heute Nacht abgebrannt oder brennt noch immer. Hast du denn die Sirenen nicht gehört?"

„Ääh, ich dachte, ich hätte geträumt, aber dann habe ich doch die Sirenen gehört. Die Holzhandlung? Das darf nicht sein", stöhnte Michael und dachte an die bevorstehende geplante Ausgrabung in dem Bereich.

„Laut NDR brennt die Holzhandlung noch immer, und die Bergedorfer Straße sowie die Bergedorfer Innenstadt muss kurzfristig gesperrt werden. Durch den Funkenflug sind auch andere Gebäude in Gefahr", erläuterte Michaels Vater.

„Ich muss unbedingt da hin, das muss ich mir ansehen", rief Michael mit sich überschlagender Stimme. Ihm wurde schlagartig bewusst, dass die geplante Ausgrabung vermutlich in Gefahr war.

„Solange es dort noch immer brennt, hast du da nichts zu suchen. Du kannst mal gucken, ob im Radio etwas gesagt wird oder ob im ARD-Fernsehen um 10:00 Uhr in den ersten Nachrichten schon etwas gezeigt wird."

Er machte sich schnell im Bad fertig und schlang sein Frühstück runter und stürzte zum Fernseher.

Nichts – keine Nachricht!

Aber das nebenbei laufende Radio brachte gerade eine Sonderreportage vom Feuerinferno in Bergedorf...

In der Nacht auf den 16. August 1969 war im Herzen Bergedorfs ein Großfeuer ausgebrochen. Vermutlich durch Brandstiftung stand die Holzhandlung Behr in Flammen. Die Polizei ermittelte aktuell und verfolgte bereits eine erste Spur. Sie vermutete, dass dieser Großbrand vielleicht mit dem Brand in der Hansaschule vor einigen Tagen in Zusammenhang stehen könnte.

Aktuell bekämpften Hunderte Feuerwehrmänner das Inferno. Alle Gebäude und Holzstapel standen in Flammen. Es war eine reine Gluthölle und vermutlich würden die Löscharbeiten noch einige Zeit andauern. Der starke Wind trieb immer wieder Funken Richtung Bergedorfer Altstadt und des Serrahns. „Bitte unterstützen Sie die Einsatzkräfte und bleiben Sie zu Hause, da bereits Schaulustige die Rettungs- und Löscharbeiten behindern."

„Siehst du", sagte sein Vater. „Du bleibst zu Hause. Wir können nachher ja mal bei Tante Fine anrufen – die wohnt doch in der Alten Holstenstraße. Dann hast du Informationen aus nächster Nähe und aus erster Hand."

„Ich schau dann mal nach draußen, ob Marlies und Jürgen etwas mehr wissen", entgegnete er, zog sich seine Jacke an und verschwand nach draußen.

Michael stürmte aus der Tür und hörte noch, wie sein Vater ihm hinterherrief:

„Das Fahrrad bleibt hier – hast du gehört?!"

„Ja, Paps", rief er noch der zuschlagenden Tür entgegen und stürmte die Steinstufen der Treppe hinunter. Er brauchte gar nicht lange zu schauen, um die beiden anderen zu sehen. Marlies und Jürgen kamen gleich auf ihn zugestürmt:

„Habt ihr das gehört? Das war es ja wohl mit unserer Schatz-suche. Ist garantiert alles verbrannt. Es ist zum Heulen", stieß Marlies wütend hervor.

„Wenn ich den Kerl erwische, der das angezündet hat, be-kommt er es mit mir zu tun", bölkte Jürgen.

„Ruhig, Kinnings, erst einmal ist es nur ein Verdacht auf Brandstiftung – mehr nicht. Ich habe ja unseren sonderbaren Kerl aus dem Schloss in Verdacht – ihr erinnert euch? Der hat sich doch merkwürdig verhalten und gerade dann, als wir über die Schatzkarte sprachen, stand er neben uns, um sei-ne Ansichtskarten zu bezahlen. Zufall?"

„Ja, da hast du recht. Das müssen wir der Polizei erzählen, die suchen doch einen Brandstifter", gab Jürgen zum Besten.

„Macht euch doch nicht lächerlich, wir haben keinen Beweis und nur eine vage Beschreibung. Außerdem hat er doch nur Fotos vom Schloss gemacht."

„Von der Fensterfront und den Räumlichkeiten des Schlosses, also schon verdächtig. Für die ausgestellten Stücke hatte er doch gar keinen Blick übrig, aber die Fenster von innen hat er fotografiert", gab Reinhold zu bedenken.

„Ihr habt zwar recht, das war schon ein merkwürdiger Kerl, der sich auch seltsam verhielt. Aber warum sollte der Typ etwas mit der Brandstiftung zu tun haben?", fragte Jürgen.7

„Kommt, wir rufen einmal bei Herrn Pedersen an, ob er schon etwas Genaueres weiß", schlug Michael vor. „Nach Bergedorf darf ich ja nicht wegen dem Feuer."

Die drei folgten Michael nach Hause. Michaels Mutter schaute überrascht hoch, als ihr Sohn mit Jürgen und Marlies die Wohnung betrat.

„Hallo, ihr drei, was möchtet ihr denn?"

„Mutti, wir möchten mit Herrn Pedersen aus dem Schloss telefonieren, um zu wissen, was in Bergedorf gerade los ist."

„Aber nicht so lange, hört ihr? Ich warte noch auf einen wichtigen Anruf."

„Ja Mutti, wir machen es kurz – versprochen!"

Michael wählte die Nummer vom Bergedorfer Schloss, aber keiner meldete sich. Nach mehrmaligen vergeblichen Versuchen legte Michael den Hörer wieder auf.

„Ich glaube, das hat heute keinen Zweck. Dort erreichen wir keinen."

Hinweis des Autors: Einige Jahre später stellte sich heraus, was es vermutlich mit dem merkwürdigen Typen auf sich hatte.

„Lass uns dann doch versuchen, Reinhold zu erreichen. Vielleicht weiß er ja mehr. Einen schönen Überblick über Bergedorf hat er ja."

Erneut nahm Michael den Hörer in die Hand und wählte schwungvoll die Wählscheibe des Telefons. Nach einigen Freizeichen meldete sich Reinhold an der anderen Seite der Leitung:

„Hallo ihr, was gibt's?"

„Hast du schon etwas von dem Brand in Bergedorf gehört?", rief Jürgen, der neben Michael stand, in die Sprechmuschel.

„Gehört, ihr Witzbolde? Ich brauch hier nur aus dem Fenster zu schauen und sehe eine riesengroße schwarze Wolke. Die ganze Nacht jaulten hier auf unserem Haus die Sirenen. In der Nacht sah das richtig gruselig aus. Flammen und Blaulicht, wie in einem Krimi. Jetzt sind die scheinbar immer noch am löschen. Mir ist verboten worden, dort runterzufahren. Unsere Schatzsuche hat sich damit wohl erledigt – schade eigentlich."

„Wir versuchen gerade, Herrn Pedersen zu erreichen, leider ohne Erfolg. Mach mal ein paar Fotos von eurem Balkon. Wir melden uns, wenn wir etwas von ihm hören. Ansonsten sehen wir uns Montag in der Schule. Tschüss."

„Alles klar, mach ich. See you later alligator", blödelte Reinhold noch zum Schluss, und Michael legte den Hörer auf die Gabel.

„Dann sind wir ja genauso schlau wie vorher", gab Marlies enttäuscht von sich.

Michael und Jürgen waren ebenso geknickt.

„Kommt, lasst uns dann mal schauen, ob sie im Fernsehen was Neues zeigen."

Die drei trotteten in die gute Stube und machten den Fernseher an. Nach einigen Minuten kam Michaels Mutter rein und scheuchte die drei raus.

„So weit kommt es ja noch, dass ihr bei dem schönen Wetter vor der Glotze hängt. Raus mit euch!"

„Mutti – wir wollen doch wissen, was mit dem Brand in Bergedorf ist", bettelte Michael.

„Schluss damit – Fernseher aus! Der Brand läuft euch nicht weg, der ist heute Abend auch noch da[8,] und ihr habt da nichts zu suchen. Haben wir uns verstanden?"

„Ja, Mutti", antwortete Michael genervt. Er wusste, dass mit seiner Mutter nicht zu verhandeln war.

Mit langen Gesichtern zogen Marlies, Jürgen, Michael und Reinhold von dannen.

„Na toll. Und was machen wir jetzt?", grummelte Jürgen vor sich hin.

Marlies sah einen Stein auf der Straße liegen und kickte ihn mit einem wütenden Tritt gegen eine blecherne Mülltonne.

Michael überlegte kurz und schlug vor, zum Bergedorfer Wasserturm zu fahren, um vielleicht von dort etwas vom Brand sehen zu können, entschied sich dann aber anders:

---

[8] womit sie ja absolut recht hatte, der Brand konnte erst nach zwei Tagen gelöscht werden

„Lasst uns lieber abwarten, bis wir mehr wissen. Es nutzt ja nichts, wenn wir uns jetzt verrückt machen."

Es blieb ihnen nichts weiter übrig, als auf neue Nachrichten zu warten.

„Was machen wir denn heute? Das Bille-Bad wird ja noch renoviert. Was haltet ihr davon, wenn wir mal wieder unsere Drachen rausholen?", fragte Michael in die Runde.

„Das machen wir. Immer noch besser als Gummitwist", lachte Jürgen und kniff Marlies in die Seite.

„Aua, du Blödmann. Na warte, bis ich dich kriege", rief Marlies – und schon waren sie wieder in ihrem kindlichen Spiel gefangen, und der Brand und dessen Auswirkungen in eine weit entfernte Gehirnecke verdrängt.

Aber nicht für lange Zeit.

14. Kapitel   Aufarbeitung der Ereignisse

Herr Freudenthal war in der Zwischenzeit natürlich nicht untätig gewesen und hatte sich mit einem der Einsatzleiter unterhalten und nach dem Stand der Dinge gefragt. Einer der Löschzugführer schilderte ihm die Lage. Seiner Meinung nach war vermutlich das gesamte Holzlager zerstört worden. Das Löschen würde vermutlich noch einige Zeit andauern. Auf die Frage, ob er sich vorstellen könnte, dass in absehbarer Zeit dort eventuell eine Ausgrabung durchgeführt werden könne, lächelte der Zugführer nur mitleidig.

„Ist das Ihr Ernst? Sie finden dort nur noch verkohlte Holzbalken und Glutnester. Eine Ausgrabung halte ich – falls es nach diesem Inferno überhaupt noch etwas zu finden gibt – auf absehbare Zeit für sinnlos."

Herr Freudenthal war enttäuscht über die Auskunft. Am Montag der darauffolgenden Woche setzte er sich mit dem Denkmalschutzamt in Verbindung. Dort wollte man erst einmal die Aufräumarbeiten abwarten, die noch einige Wochen, wenn nicht sogar Monate, andauern sollten.

Das Feuerinferno hatte die Holzlhandlung Behr derartig zerstört, dass an einen Neuaufbau nicht zu denken gewesen war. Die letzten Gebäude, eher Ruinen, warteten auf ihren baldigen Abriss.

Nachmittags lud Herr Freudenthal Marlies, Jürgen, Michael und Reinhold in das Bergedorfer Schloss ein und teilte ihnen mit, dass eine Ausgrabung auf absehbare Zeit nicht durchgeführt werden könne.

Die vier waren natürlich ausgesprochen enttäuscht, zeigten aber Verständnis, nachdem sie selbst einen kurzen Blick auf die Verwüstungen vom Brand werfen konnten. Außerdem war die Polizei noch am ermitteln, da bereits ein Verdächtiger festgenommen worden war.

Leicht hätte ganz Bergedorf niederbrennen können, denn die Holzhandlung lag an der Stelle, wo heute der Wohnturm des Einkaufszentrums CCB steht. Doch der zu diesem Zeitpunkt herrschende Ostwind schützte die Bergedorfer Altstadt. Umso intensiver drückte er die Flammen Richtung Serrahn. Die Feuerwehr hatte alle Hände voll zu tun, die gegenüberliegenden Gebäude zu retten. Der extreme Funkenflug drohte immer wieder, sie zu entzünden (Auszug aus der „Bergedorfer Zeitung").

Es dauerte zwei Tage, bis der Brand gelöscht war.

Die Behrsche Insel mit der ehemaligen Holzhandlung zeigte den Neugierigen ein Bild der Verwüstung und Zerstörung.

Als Täter wurden nach intensiven Ermittlungen schließlich zwei ehemalige Hansa-Schüler überführt und zu Haftstrafen verurteilt.

Der Spiegel 20/1970 beschäftigte sich ausführlich mit dem Prozess gegen die Bergedorfer Brandstifter. Die Popularität des Prozesses hing garantiert auch damit zusammen, dass es der Wahlkreis von Helmut Schmidt gewesen war.

Spiegel 20/1970

DIE VERSCHWÖRUNG DES FIESKOS ZU BERGEDORF

SPIEGEL-Reporter Gerhard Mauz zum Urteil im Hamburger Brandstifterprozess

Das Urteil, das eine Große Strafkammer in Hamburg am Dienstag vergangener Woche sprach, befriedigt die Öffentlichkeit nicht: zweimal zwei Jahre und sechs Monate, einmal zwei Jahre Freiheitsstrafe für die drei Brandstifter von Hamburg-Bergedorf. Das Urteil war also, was das Strafmaß betrifft, außerordentlich vernünftig.

Das Urteil war sogar sehr mutig, erinnert man sich daran, was der bei der letzten Bundestagswahl direkt gewählte Kandidat gerade des Wahlkreises Hamburg-Bergedorf, Helmut Schmidt, am 13. Februar 1969 vor Parteifreunden gesagt hatte, als er jene Richter geißelte, „deren Urteile von einer erschreckenden Unsicherheit zeugen", und eine „grassierende Schwindsucht der Gesetzes- und Verfassungsräson" beklagte: „Beim tief innerlich empfundenen Bekenntnis ... zu dem Grundsatz der Verhältnismäßigkeit der Mittel, der für jedes staatliche Handeln gelten muss, bin ich der Meinung, dass gegenüber gewissen Leuten nichts anderes hilft als ein sehr bewusst gehandhabtes Prinzip strafrechtlicher Abschreckung."

Helmut Schmidt, der damals, wenn natürlich auch aus der Sicht seiner Partei, viel Verständnis für das bürgerliche Bedürfnis nach Abschreckung verheißenden Urteilen erkennen ließ: „Der Bürger muss das Gefühl haben können, dass die Sozialdemokratische Partei ihn davor bewahrt, dass sein kleiner Volkswagen umgestürzt wird, wenn er ins Theater oder zu seinem Gewerkschaftshaus oder zu seinem Parteibüro fährt."

In der Nacht zum 16. Juni 1969 brannte der erste Stock des Seitentrakts der Hansaschule in Hamburg-Bergedorf mit der Aula bis auf die Umfassungsmauern nieder. Bereits einen Tag später geriet Manfred H., heute 30, in Verdacht und Untersuchungshaft. Als in der Nacht zum 16. August 1969 fast das gesamte Lager der Holzhandlung Behr in Hamburg-Bergedorf durch Brandstiftung vernichtet wurde, schien das zunächst Hanner, der seine Beteiligung am Brand der Hansaschule bestritt, zu entlasten. Am 5. September 1969 wurden dann aber Wulfdieter K., heute 21, und Norbert C., heute 22, festgenommen. Falscher Verdacht gegen die außerparlamentarische Opposition von Bergedorf hatte zur

Information des „Stern" und durch diesen zur Unterrichtung der Justiz geführt. Ein Schaden von über zwei Millionen Mark war den Brandstiftern vorzuwerfen. Beim Brand der Hansaschule waren der Hausmeister und seine Familie gefährdet worden. Der Brand des Holzlagers der Firma Behr hätte zu einer Katastrophe für Bergedorf werden können.

Es ist verständlich, dass Zorn und Sorge auf Vergeltung und Abschreckung drängten. Manfred H. war, jedenfalls nach Bergedorfer Maßstäben, als „Linker" hinreichend bekannt gewesen. Auch hatte man, seit die Unruhe der Jugend bis nach Bergedorf gelangt war, viel Ärger gehabt. Steine waren geflogen, Farbschmierereien waren zu beklagen gewesen und Telefonzellen demoliert worden. Der Terror hatte nicht einmal vor der Büste Wilhelms des Ersten haltgemacht, diese vom Sockel gestoßen und in den Schlossteich geworfen.

Man hatte in Bergedorf wie anderswo schon lange gesehen, wohin das führen musste. Man war auf einen Gipfel der Radikalität schon längst gefasst: auf irgendetwas, das einem bestätigte, wie sehr man sich mit seiner Ablehnung der außerparlamentarischen Unrast im Recht befand.

Heute ist aber, nachdem seit dem 18. März dieses Jahres sorgfältig und ausführlich gegen H., K. und C. verhandelt worden ist, eine überraschende Feststellung zu treffen: In Bergedorf hat nicht die Kritik an der etablierten Ordnung brandgestiftet. In Bergedorf haben vielmehr junge Leute gezündet, die typische Produkte der bestehenden Verhältnisse sind. Die Söhne angesehener Bürger misshandelten – „um politisches Bewusstsein zu wecken" – eine Ordnung, der sie zu sehr verhaftet sind, als dass sie sich anders als kriminell mit ihr auseinandersetzen könnten.

(Auszug aus dem Spiegel 20/1970)

Das Thema Ausgrabung auf der Behrschen Insel hatte sich zur Enttäuschung von Marlies, Jürgen, Michael und Reinhold, aber auch von Herrn Freudenthal und Herrn Pedersen, nach Beendigung der Aufräumarbeiten schnell erledigt.

Wirtschaftliche Überlegungen führten dazu, dass innerhalb einer für Bauvorhaben kurzen Übergangszeit von 1,5 Jahren eine neue Verwendung des Grundstückes der ehemaligen Holzhandlung Behr gefunden wurde. Im August 1970 wurde in unmittelbarer Nähe zum Grundstück der Busbahnhof fertiggestellt. Es lag natürlich nahe, die somit verbesserte öffentliche Anbindung wirtschaftlich zu nutzen und einem Trend aus „good old America" zu folgen.

1956 entstand mit dem Southdale Center bei Minneapolis dort das weltweit erste, in einem einzigen Gebäude integrierte, Einkaufszentrum. Das in den USA bis dahin neue Konzept, viele unterschiedliche Händler verschiedenster Produkte in einem Einkaufszentrum zu vereinen, verbreitete sich aufgrund großer Beliebtheit sehr rasch. Dieses erfolgreiche Geschäftsmodell wurde, wie vieles andere, eins zu eins kopiert und auch in Deutschland eingeführt. Das erste Einkaufszentrum Deutschlands entstand Mitte der 60er-Jahre in Frankfurt.

Die Holzhandlung Behr zog an den Curslacker Neuer Deich und eröffnete 1970 Bergedorfs ersten Baumarkt (heute Bauhaus).

Schon war natürlich die Möglichkeit gegeben, auch Bergedorfs Filetstück dementsprechend zu bebauen und die bereits begonnene Modernisierung Bergedorfs fortzuführen. Ab 1971 wurde auf der Behrschen Insel das Einkaufszentrum CCB errichtet.

Bergedorfer Strasse Ende der 50er Jahre

1971 Bau des CCB

Bergedorfer Strasse Mitte der 70er Jahre

CITY-
EINKAUFS-CENTER
BERGEDORF

Wir bauten für Sie

das CITY-EINKAUFS-CENTER auf dem Gelände der Behr'schen Halbinsel mit 8 670 qm Verkaufsflächen, 1755 qm Büro- und Praxisräumen, 90 Wohneinheiten und einem Parkhaus für mehr als 400 Autos.

Wir bauten für Sie

das CITY-EINKAUFS-CENTER, damit Sie in gepflegter, vollklimatisierter Atmosphäre direkt am S-Bahnhof Hamburg-Bergedorf auf die bequemste Art einkaufen können.

Wir bauten für Sie

das CITY-EINKAUFS-CENTER, denn hier legten wir das Kapital unserer Lebensversicherungs-Kunden zinsgünstig und wertbeständig an. Durch die Gewinnbeteiligung der Lebensversicherung kommen die Mieterträge somit auch unseren Versicherten zugute.

15. Kapitel   Das Ende der Träume?

Die Entwicklung der Behrschen Insel nach dem Brand wurde von Marlies, Michael, Jürgen und Reinhold mit großem Interesse verfolgt. Oft fuhren sie mit dem Fahrrad auch zur Baustelle des CCB und machten sich ihre Gedanken zu ihrem Schatz und schauten dabei auf ihre Kopien der Schatzkarte, um zu vergleichen, wo vermutlich das Kreuz der Karte auf der Baustelle hätte sein können. Einige Male trafen sie sich auch noch mit Herrn Freudenthall, aber mit der unaufhaltbaren baulichen Entwicklung des CCB wurden die Besuche weniger, weil sie einsehen mussten, dass eine Schatzsuche ausweglos war.

Langsam, mit den Jahren, nach dem Bau des CCB, verloren sie immer mehr das Interesse an ihrer Schatzsuche aus Kinderzeiten. Jetzt, als Teens, freuten sie sich über den Weltmeistertitel im Fußball, Boxkämpfe von Ali gegen George Foreman, aber auch die Geschichte der RAF und die politische Entwicklung in der Bundesrepublik und die Ölkrise, mit ihren autofreien Sonntagen, rückten in den Fokus. Da war kein Platz mehr für Kinderabenteuer wie Tom Sawyer und Huckleberry Finn.

Es gab jetzt ja auch, mit zunehmenden Alter, Wichtigeres zu entdecken als Schätze. In den Blickpunkt der Suche rückten jetzt „Schätzchen", mit denen man vortrefflich in den Jugenddiscos abhängen konnte. Wie häufig wurde Marlies sauer, wenn Jürgen von seiner „Torte" Manuela sprach und Jürgen mit einer „Nachbartussi" rumknutschte. Diese abwertende Art gegenüber Mädchen hasste sie wie die Pest. Michael und Marlies „gingen" jetzt schon seit einiger Zeit miteinander und die vier „hingen" immer noch viel zusammen ab. Sie trafen sich häufig in der „13", im Jugendkeller von St. Michael am Gojenbergsweg und im Lichtwarkhaus. Beliebt waren auch Kinofilme im Filmeck oder Holstenkino in der letzten Reihe, und natürlich wollte man „hip" sein. Dazu gehörten auch

Schlag- und Veddelhosen[9] von Behrend und vom „Jeans-Shop".

Alte Holstenstraße Behrend (heute Sanitärhaus Grotjahn)

„Jeans-Shop" im Sachsentor neben Hertie

Notfalls tat es aber auch eine „Jinglers" von C&A, bei der schnellstens das Glöckchen abgemacht werden musste, um nicht als „Carl- und Anna"-Kunde[10] erkannt zu werden. Dazu wurden dann die heiß geliebten Clogs getragen!

Aus den Bonanzarädern wurden Zündapp- und Kreidler-Mokicks und Roller. Jürgen und Michael hatten nach ihrem Abschluss einen Ausbildungsplatz bei den Hauni-Werken erhalten, Marlies machte eine Ausbildung als Schwesternschülerin im Allgemeinen Krankenhaus Bergedorf und Reinhold wollte weiter studieren.

---

[9] Veddelhosen – Alte Arbeits- und Zunftkleidung der Zimmererleute, Maurer und Segelmacher. Eine damalige Veddelhose musste an den Oberschenkeln knalleng wie Wurstpelle sitzen und hatten einen riesigen Schlag
[10] C&A – im Volksmund „Carl und Anna" genannt, wie z. B. „Feinkost Albrecht" für „Aldi"

Sie trafen sich aber weiterhin so oft wie möglich, doch auch diese Treffen wurden mit der Zeit seltener. Somit war es verständlich, dass mit dem Erwachsenwerden kein Platz mehr für Gedanken an Schatzsuchen blieb.

Eines Tages wurden sie dann allerdings doch an die damaligen Ereignisse noch einmal erinnert:

In der Nacht zum 01.12.1974 stiegen über ein Gerüst, das aufgrund von Renovierungsarbeiten aufgestellt worden war, Einbrecher in das Museum für Bergedorf und die Vierlande im Bergedorfer Schloss ein. Sie stahlen den wertvollen Schützenbecher von 1621, diverse Zinnbecher und weiteres Ausstellungsgut.

Den Schützenbecher erhielt das Schloss erst am 09.06.1992 zurück, der Rest blieb verschwunden. Hierzu gehörte auch die besagte Schatzkarte.

Für 300 000 Mark Schätze geraubt

BERGEDORF (c/g). — Fassungslos stand Oberaufseher Friedrich Opitz gestern morgen vor den Vitrinen im Bergedorfer Schloß: Unbekannte Einbrecher hatten sie in der Nacht zum Sonntag aufgebrochen und 23 Silber- und Zinnbecher und Zinnkannen im Wert von über 300 000 Mark gestohlen. Heimatforscher schätzen den ideellen Schaden auf über 1 Million Mark.

Über ein Baugerüst stiegen die Einbrecher auf den wegen Bauarbeiten zugänglichen Boden des Schlosses, brachen von dort aus sämtliche Türen auf und durchsuchten alle Räume. Zu ihrer Beute zählen auch drei Vorderlader-Gewehre und vier Truhen, die sie nach ersten Ermittlungen der Kriminalpolizei zum Transport der Schätze benutzten.

Die wertvolle Schützenkette der Bergedorfer Schützen, die unmittelbar neben den Bechern Bergedorfer Zünfte stand, ließen sie zurück. Der Silberbecher der Schützengilde aus dem Jahre 1621 (Wert 30 000 Mark) wurde gestohlen. Die Kripo schließt daraus, daß die Eindringlinge wahrscheinlich keine Profis gewesen sind, so Bergedorfs Kripochef Schmidt.

Der Leiter des Bergedorfer Museums, Dr. Thomsen (68), entsetzt: „Ich habe während der Umbauzeit schon immer für mehr Sicherheit plädiert. Aber mein Vorschlag blieb ungehört."

Auch dieser wertvolle Silberbecher gehört zu der Beute der Einbrecher

Jetzt bittet die Kripo die Bürger um Mitarbeit und fragt: „Wer hat in der Nacht zum Sonntag verdächtige Personen oder Fahrzeuge in der Nähe des Schlosses gesehen? Zeugen sollten sich unter der Nummer 7 24 20 11 melden.

Übrigens: Seit gestern sind die Schätze bewacht.

Auszug aus der „Bergedorfer Zeitung" (BZ) vom 02.12.1974

In ihrer Frühstückspause saßen Jürgen und Michael mit ihren Arbeitskollegen vor ihren geöffneten Brotdosen und ließen sich ihren Kaffee schmecken. Einer der Kollegen biss gerade herzhaft in seine Stulle und nahm einen Schluck Kaffee, fluchte, als er sich den Gaumen verbrannte, und legte die „Bergedorfer Zeitung" beiseite. Michaels Blick fiel gleich auf den aufgeklappten Artikel und er stieß Jürgen in die Seite:

„Schau mal, klingelt bei dir da auch noch was?", fragte Michael.

„Du meinst den Kerl von damals?", fragte Jürgen und nahm sich die Zeitung.

Sie lasen den Artikel durch und beschlossen, Reinhold anzurufen. Michael informierte Marlies über den Einbruch. Sie verabredeten sich abends auf ein Starkbier bei „M & V"[11] und kramten in ihren Erinnerungen.

Die vier Freunde erinnerten sich noch an den dunkel gekleideten Mann, dessen Benehmen die vier „Detektive" bei ihrem Besuch im Schloss merkwürdig gefunden hatten. War das damals ein Zufall gewesen, dass dieser Besucher so offensichtlich die Besucherräume und Fensterfronten des Schlosses fotografiert hatte und bei den ersten Renovierungsmaßnahmen am Bergedorfer Schloss, bei denen das Schloss eingerüstet war, ein Einbruch erfolgte?

Wirklich ein Zufall?

---

[11] M&V – Kneipe „Mulzer & Voelkel", Ecke Alte Holstenstraße/Ernst-Mantius-Straße

16. Kapitel   CCB

Die Bergedorfer Geschichte ist voll von merkwürdigen Bauvorhaben, Abrissmaßnahmen und modernen Visionen – leider oftmals zum Nachteil von Bergedorf. Doch das ist eine andere Geschichte, die bereits mehrmals beschrieben wurde.

Die Behrsche Insel, mitten im Serrahn, wurde nach dem Brand plötzlich zu einem „Filetstück" wirtschaftlicher Interessen und innerhalb kürzester Zeit fand sich ein Investor, der Bergedorf mit einem Einkaufszentrum – dem CCB – beglückte.

Mit der Entscheidung, ein großes neumodisches Einkaufszentrum zu bauen wurde zeitgleich auch das schleichende Ende der „Tante Emma-" und Krämerläden eingeläutet. Viele Einzelhandelsgeschäfte schlossen auf Grund des Preisdrucks des Centers.

Die Bergedorfer nahmen das Einkaufszentrum gerne an und entdeckten das „shopping", das bequeme überdachte Einkaufen in vielen Geschäften..

1971 wurde mit dem Bau des neuen CCB und dem Bau des Busbahnhofs begonnen.

Bereits knapp 40 Jahre später war es so weit, dass das Einkaufszentrum nicht mehr zeitgemäß war, und ab dem Jahr 2008/2009 begann der Abriss des CCB-Parkhauses und des ZOBs zeitgleich mit dem Neubau des Bahnhofs und dem Bau des CCB 2 auf dem ehemaligen Gelände von Auto Wiegmann.

Deswegen hierzu noch einmal ein Zeitraffer zur größten Baustelle Bergedorfs im Jahre 2008 bis 2010.

Heutzutage wird halt nicht mehr für die Ewigkeit gebaut.

..

17. Kapitel   ... da war doch was ...

Wer zum Teufel war Jules Verne?

Yannick schaute irritiert auf die Bücherkiste, die er ordentlich mit „Bücher" beschriftet auf dem Boden hinter allerlei Gerümpel gefunden hatte.

Eigentlich war er ja auf der Suche nach „Schätzen" für den Flohmarkt und für ebay und hoffte auf „Vintage-70er-Stücke" seiner Großeltern Opa Michael und Oma Marlies. Bisher war die Suche nicht sonderlich erfolgreich gewesen – einige Arcade-, K-Tel- und Highlight-Schallplatten, orange Kassetten von BASF, die ordentlich beschriftet mit Titel und Interpret in einem viereckigen drehbaren Kassettenhalter steckten, Klick-Klack-Kugeln und Zeitschriften, die Yannick nichts sagten: „Yps"[12], „Mad", „POP" und das „Freizeit Magazin".

Das musste eine komische Zeit gewesen sein, dachte er sich, nachdem er einige Seiten im „MAD"-Heft über einen Spion gelesen hatte und „Yps"-Hefte mit merkwürdigem Spielzeug, Kristallbäumen oder Lupen gefunden hatte. Davon würde man sicherlich das eine oder andere verkaufen können.

Uuups, Überraschungseier-Figuren. Aus einem kleinem Sack fielen Happy Hippos, Schlümpfe und Dinos. Toll, das war ja ein kleiner Schatz, freute sich Yannick.

„Hast du noch etwas gefunden, was du gebrauchen kannst?", fragte Opa Michael interessiert.

Yannick hatte ihn gefragt, ob sein Großvater nicht etwas zum I-Pod dazuschießen könnte, den er sich zusammensparen wollte. Noch fehlten einige Euros, aber sein Opa hatte ihm

---

[12] „Yps"-Hefte sind seit März 2013 wieder vierteljährlich am Kiosk erhältlich

vorgeschlagen, dass er den Boden aufräumen könne. Dabei sollte er nachsehen, was er zu Geld machen könnte.

Yannicks Großeltern freuten sich auf einen aufgeräumten Boden, Yannick über das eine oder andere kleine Schätzchen. Davon hätten also beide Parteien etwas. Außerdem machte es Yannick Spaß, mit seinem Großvater zusammen zu sein. Opa Michael war, nach einem Arbeitsunfall, in Frührente gegangen und hatte viel Zeit.

Yannick kam, mit seinen 15 Jahren, mit seinen Großeltern sehr gut aus. Sein Vater Dennis hatte nicht so viel Zeit, da er als Außendienstmitarbeiter oft viele Tage nicht zu Hause war.

„Ja, Opa, hier ist einiges, was ich gebrauchen könnte. Die Überraschungseier-Figuren kann ich nachher mal im Katalog checken, was die wert sind, um sie über ebay zu verticken. Aber dieser merkwürdige Alfred E. Neumann aus der Zeitschrift „MAD" ist doch etwas sehr schräge. Wer ist aber Jules Verne?"

Opa Michael lief ein leichter Schauer über den Rücken.

„Wieso? Warum fragst du?", wollte Michael wissen.

Ein leichtes Kribbeln machte sich in seinem Magen breit. Wie lange hatte er nicht an diese Kindergeschichte gedacht? Wie lange war das her, dass er sich mit dieser ominösen Schatzsuche aus Kinderzeiten befasst hatte? 35 Jahre?! Mein Gott, war das lange her... Die Erinnerungen überrollten ihn: Schatzkarte, Behrsche Insel, Brand, Bergedorfer Schloss, Einbruch, CCB...

Und jetzt hielt sein Enkel das Buch in den Händen und fragte nach Jules Verne.

Michael sah sich in Gedanken wieder in die Vergangenheit in seine Kindheit versetzt, als er das rußgeschwärzte Buch in der Hand gehalten hatte. Er sah seine Kinderfreunde Jürgen, Reinhold und seine Marlies vor sich, wie sie an dem Buch herumgezerrt hatten und wie es auseinandergerissen war... Und wie er die Schatzkarte zwischen zwei Seiten des Buches gefunden hatte.

„Opa, was ist mit dir? Du siehst so blass aus? Willst du dich etwas ausruhen?", fragte Yannick besorgt.

„Nein, ist schon okay. Ich habe gerade eine Erinnerung an früher gehabt. Yannick, nimm einmal das Buch vorsichtig aus der Kiste heraus und blättere einmal auf die Seiten 18/19."

Yannick blätterte im Buch, hin und zurück und noch einmal hin und zurück, und schaute seinen Großvater fragend an:

„Wo sind die Seiten 18 und 19? Ist das ein Druckfehler?", fragte Yannick seinen Opa.

Michael nahm Yannick das Buch aus der Hand, holte aus der Hosentasche sein Taschenmesser und trennte die Seiten 17 und 20 wieder auseinander. Hier hatte er, nachdem die Ausgrabung vor vielen Jahren aufgrund des Brandes auf der Behrschen Insel und dem Bau des CCB nicht zustande gekommen war, die Kopie der Schatzkarte wieder zwischen die Seiten gelegt und neu verklebt.

Yannick sah verblüfft, wie zwei Zettel zum Vorschein kamen: ein Brief und ein kleiner Fetzen Papier, auf dem eine Art Karte abgebildet war.

Michael nahm den Brief, begann, ihn Yannick vorzulesen, und erzählte die Geschichte der Schatzsuche.

Nachdem Michael die Geschichte beendet hatte, sah er in runde, staunende Kinderaugen.

„Ein Schatz, ein echter Schatz?", stammelte Yannick.

„Ja, wer weiß, leider konnten wir das damals nicht herausfinden", sagte Michael.

„Opa, da wird doch jetzt das neue CCB gebaut, und alles ist eine große Baustelle? Sollten wir nicht versuchen herauszubekommen, ob nicht doch noch etwas dort versteckt ist?", fragte Yannick, den offensichtlich das Schatzfieber gepackt hatte.

Yannicks Interesse galt nicht mehr seinem I-Pod oder Alfred E. Neumann. Er hatte nur noch Blicke für die Schatzkarte und den Brief.

„Sollten wir nicht einen neuen Versuch starten und im Bergedorfer Schloss vorstellig werden?", schlug Yannick seinem Großvater vor.

„Du hast doch erzählt, dass das Museum nicht mehr im Besitz des Originals des Briefes ist, da es beim damaligen Raub mit entwendet wurde. Wir haben wenigstens noch die Kopien und könnten es dem Museumsdirektor zeigen. Biiiiiiiiitttttttte", bettelte Yannick.

„Also gut, ich werde mich aber erst einmal mit Jürgen und Reinhold kurzschließen, damit sie Bescheid wissen, dass wir in der Vergangenheit rühren und einen neuen Versuch starten wollen, einen Schatz zu finden."

Michael rief am Abend seine Freunde an und erzählte ihnen vom Aufräumen des Bodens und dass Yannick das Buch in die Hand gefallen war. Jürgen und Reinhold hatten auch keinen Gedanken mehr an diese Geschichte verschwendet.

Reinhold lebte seit nunmehr 20 Jahren in der Nähe von Frankfurt. Alle fünf Jahre noch trafen sie sich alle gemeinsam und schwelgten in Erinnerungen. Irgendwie war die damalige Schatzsuche durch den Bau des CCB aber so abschließend gewesen, dass das Thema niemals wieder zur Sprache gekommen war. Deswegen war Reinhold auch sehr verblüfft, jetzt davon zu hören.

„Michael, ich wünsche euch gutes Gelingen bei der Suche. Leider kann ich nicht kommen, da ich hier gerade unabkömmlich bin. Meine Firma ist gerade in Vertragsverhandlungen mit einer großen Internetfirma. Sobald die abgeschlossen sind, würde ich aber nach Bergedorf kommen. Es sind ja auch schon fast wieder fünf Jahre vorbei. Haltet mich bitte auf den Laufenden. Beste Grüße an Marlies und Jürgen", ließ Reinhold noch ausrichten.

Da Jürgen sich mit seiner Familie in einem Langzeiturlaub befand, beschloss Michael, nachdem er aufgelegt hatte und mit Marlies über die Sache gesprochen hatte, zusammen mit Yannick am nächsten Tag im Bergedorfer Schloss vorstellig zu werden. Er verabredete einen Termin für 15:15 Uhr Uhr mit einer Angestellten des Bergedorfer Schlosses. Michael und Yannick verabredeten sich für den nächsten Nachmittag und trafen sich um 15:00 Uhr vor dem Bergedorfer Schloss, natürlich wieder beim Löwen!

Löwe vor dem Bergedorfer Schloss (In Erinnerung an den Herzog „Heinrich der Löwe")

Michael erzählte Yannick noch einmal die Geschichte von diesem merkwürdigen Kerl, der ihnen damals aufgefallen war, als er vor dem Bergedorfer Schloss die Fensterfronten fotografiert hatte und sich ansonsten auch ungewöhnlich verhalten hatte. Yannicks Großmutter, sein Großvater und Onkel Jürgen und Reinhold hatten derzeit sofort diesen dunkel gekleideten Mann verdächtigt, als einige Jahre später ein Einbruch im Schloss erfolgte, wo unter anderem auch die Schatzkarte nebst Brief gestohlen worden war.

Yannick war aber viel zu aufgeregt, um zuzuhören und fieberte dem Treffen mit der Mitarbeiterin des Schlosses entgegen. Nachdem sie sich an der Kasse gemeldet hatten, kam kurze Zeit später Frau Meincke zu ihnen und bat die beiden in ihr Büro.

Michael stellte sich und Yannick vor und begann die Geschichte zu erzählen. Er zeigte dabei das Buch von Jules Verne sowie die beiden Zettel. Frau Meincke hatte ihnen aufmerksam zugehört und sah sich die beiden Papierstücke genau an:

„Ich kann mich erinnern, dass diese beiden Zettel damals gestohlen wurden, ohne dass wir eine Sicherungskopie gemacht hatten. Das hing sicherlich damit zusammen, dass damals die Ausgrabung abgelehnt wurde. Aber mit diesen Kopien könnten wir einen erneuten Versuch starten. Ich werde mich mit dem Denkmalschutzamt in Verbindung setzen. Darf ich mir hiervon eine Kopie machen?", fragte Frau Meincke.

Michael nickte, und nach kurzer Zeit kam sie wieder und reichte ihnen ihre Kopien zurück:

„Ich könnte mir vorstellen, dass eine Grabung vielleicht sogar Erfolg hätte, da, anhand der Karte, diese Stelle sich noch auf dem altem Grundstück des CCB befindet, auf dem bisher gar nicht oder kaum gebaut wurde. Mit viel Glück könnten wir vielleicht sogar etwas finden. Aber erwarten Sie nicht zu viel. Ich werde mich bei Ihnen melden, sobald ich eine Nachricht vom Denkmalschutzamt erhalten habe."

Als sie sich verabschiedeten, fragte Frau Meincke noch, wie lange die zwei denn nicht mehr im Schloss gewesen waren.

„Also ich war zuletzt vor über 30 Jahren im Schloss", antwortete Michael.

„Wir waren einmal mit unserer Schulklasse im Schloss, da war ich aber noch ein Kind", antwortete Yannick mit überzeugtem Brustton.

„Was halten Sie denn davon (Frau Meincke bemerkte mit einem Lächeln, dass sie ja mit zwei Erwachsenen sprach und ein „Sie" angebracht sei), wenn ich Ihnen heute Freikarten für einen Museumsbesuch gebe? Dort sind noch Bilder von der Behrschen Insel aus dem Ende des 19. Jahrhunderts ausgestellt. Da können Sie sich ansehen, um welchen Platz es sich auf Ihrer Karte handeln könnte."

„Oh ja, gerne", war Yannick sofort begeistert.

Frau Meincke sagte der Kassiererin Bescheid, und Yannick und sein Großvater begannen den Rundgang durch das Bergedorfer Schloss. In einer der Vitrinen war ein Teil des Bergedorfer Hafens und des Serrahns als Modell abgebildet, und Michael konnte Yannick anhand der Kopie zeigen, an welcher Stelle gegraben werden müsste.

„Können wir denn gleich noch einmal am CCB vorbeifahren, um die Stelle zu vergleichen? Ich mache eben noch ein Foto mit dem Tablet von dem Modell, damit wir uns das im

Original ansehen können", sagte Yannick und schoss mit seinem Tablet einige Bilder.

Nach einiger Zeit verließen sie das Schloss, fuhren zum CCB und parkten im CCB 2 in der Stuhlrohrstraße. Sie fuhren bis zur obersten Etage, weil sie, wie Michael Yannick erklärte, von dort den besten Überblick hätten.

„Ich vermute, dass auf Höhe des Übergangs und der Treppe die Stelle ist, die auf der Karte eingezeichnet ist. Mal sehen, ob Frau Meincke etwas erreichen kann."

„Na komm, ich lade dich noch zu McDonalds ein – war ja schließlich ein ereignisreicher Tag", schlug Michael seinem Enkel vor.

„Danke, Opa, hab auch schon Hunger", grinste Yannick.

Jetzt hieß es abwarten.

18. Kapitel   Ausgrabung

Drei Wochen später erhielt Michael einen Anruf von Frau Meincke. Sie teilte ihm mit, dass die Freigabe für eine Ausgrabung jetzt vorläge und dass in der kommenden Woche mit der Grabung begonnen werden solle.

Michael war von der Nachricht im Ersten überrascht, denn er hatte nicht damit gerechnet, dass nach so vielen Jahren eine Ausgrabung genehmigt werden würde. Freudig erregt rief er Jürgen an, der aus seinem Urlaub wieder zurück war. Jürgen war von den Geschehnissen, die während seines Urlaub passiert waren, natürlich überrascht, aber auch sofort wieder Feuer und Flamme.

Reinhold war begeistert und wollte unbedingt auf dem Laufenden gehalten werden. Marlies und Yannick konnten es gar nicht abwarten, dass es endlich losginge, und sie hätten am liebsten selbst einen Spaten genommen und mit der Arbeit begonnen.

Yannick hatte sich in der Zwischenzeit einige ältere Bergedorf-Bücher und Veröffentlichungen vom Kultur- & Geschichtskontor im Reetwerder, Gerd Hoffmann und Harald Richert, besorgt, um sich über die Zeit Mitte des 19. Jahrhunderts sowie die Geschichte der Behrschen Insel zu informieren. Dennis und Maria, Yannicks Eltern, waren froh, dass sich ihr Sohn auf einmal für die Bergedorfer Geschichte interessierte und neben der Begeisterung für das Internet und den Computer auf einmal anfing, Bücher zu lesen. Dennis ertappte Yannick eines Tages dabei, wie er sich in einer vollkommen anderen Welt befand und in ein uraltes Buch vertieft war: Jules Verne – die Reise zum Mittelpunkt der Erde. Er lächelte zufrieden, schloss die Tür leise hinter sich zu und ließ Yannick weiter in seiner Welt weiterträumen.

...

Die Ausgrabung begann an einem Montag mit schwerem Gerät. Die Erde wurde bis zu einer Tiefe von vier Metern abgetragen und das beauftragte Spezial-Bauunternehmen und die Archäologen hatten mit dem Grundwasser zu kämpfen. Immer wieder kam es in den nächsten Wochen zu Wassereinbrüchen durch den Serrahn und durch das aufsteigende Grundwasser. Viele verkohlte Holzteile wurden gefunden, die vermutlich noch vom Brand im Holzlager Behr stammten. Gegraben konnte natürlich nur außerhalb der Betonfundamente für das CCB, sodass dort auch die Grenze der Ausgrabungen war.

Am 7. Tag der Ausgrabung – gerade musste wieder die Ausschachtung leergepumpt werden – war ein lauter Pfiff zu hören, und sofort wurden sämtliche Arbeiten eingestellt. Der zuständige Ausgrabungsleiter, Dr. Wollenweber, stieg in seinen Gummistiefeln in die noch nicht ganz leergepumpte Grube. Unter einigen verrotteten und vermoderten Holzresten, die aus dem 19 Jahrhundert stammen mussten, war eine Vertiefung zu erkennen, in die immer wieder das Sickerwasser lief. Ganz so, als ob der Serrahn das Geheimnis nicht preisgeben wollte.

„Jürgen, wir brauchen zusätzliche Pumpen!", rief Dr. Wollenweber dem Vorarbeiter zu. „Hier ist was!"

Dr. Wollenweber hatte jetzt auch das Fieber erwischt, den jeden Archäologen oder Ausgrabungsleiter erwischt, wenn er kurz vor einer Entdeckung steht.

Vor einer Woche war ihm klar geworden, dass die geplante Ausgrabung nicht von Erfolg gekrönt sein würde, da am Ausgrabungspunkt in den letzten Jahrzehnten zu viele Bewegungen gewesen waren (Holzhandlung, Brand, Bau des CCB). Umso überraschter war er jetzt, als er den Pfiff hörte und sich selbst, mit eigenen Augen, davon überzeugte, dass dort tatsächlich ein Schatz sein könnte.

Nachdem zusätzliche Pumpen dem Sickerwasser des Serrahn den Garaus machten, konnte er auf die kleine Holzkiste blicken, die halb aus dem Matsch herausschaute, als ob sie sagen würde: „Komm, hol mich."

Vier Ausgrabungshelfer kletterten in die Grube und begannen, nachdem der Boden mit Holzplanken gesichert worden war und sie somit einen festen Stand hatten, mit dem vorsichtigen Graben mit den Schaufeln. Innerhalb von 30 Minuten legten sie eine kleine Holzkiste frei. Sie hoben die Kiste vorsichtig hoch und legten sie in einen kleinen Korb, der von einem kleinen Kran heraufgezogen wurde.

Vor einigen Tagen war ein Bericht in der „Bergedorfer Zeitung" über die Ausgrabung erschienen. Einige Neugierige und Zuschauer, die sich auf der Brücke der Bergedorfer Straße versammelt hatten merkten, dass sich dort unten etwas Besonderes ereignete – unter ihnen auch eine dunkel gekleidete Person, die zufrieden lächelte.

Wollenweber begutachtete die kleine Truhe, holte sein Handy aus der Seitentasche und wählte eine Nummer:

„Hallo, Frau Meincke, wir haben tatsächliche eine Holzkiste gefunden. Wir werden die Kiste zum Bergedorfer Schloss bringen und sie dort öffnen."

„Hallo, Dr. Wollenweber, Sie haben tatsächlich etwas gefunden? Unglaublich. Können wir uns um 16:00 Uhr treffen?

„Kein Problem, ich lass die Kiste geschlossen und wir öffnen sie dann gemeinsam", antwortete Dr. Wollenweber und legte auf.

Frau Meincke informierte Michael und Yannick über den sensationellen Fund und bat die beiden, um 16:00 Uhr im Schloss zur Öffnung der Schatztruhe dabei zu sein. Michael telefonierte noch schnellstens mit Jürgen – Reinhold war nicht zu sprechen –, und sie verabredeten sich ebenfalls zu um 16:00 Uhr.

Yannick war natürlich vollkommen aus dem Häuschen und fieberte dem Treffen entgegen.

Um 16:00 Uhr begrüßte Frau Meincke die Anwesenden und übergab das Wort an Dr. Wollenweber:

„Diese Kiste haben wir am siebten und letzten Tag unserer Ausgrabung gefunden. Der Ort entsprach ungefähr der Stelle auf der Schatzkarte, und wir konnten die Schatzkiste bergen. Das ist das gute Stück!"

Er zeigte auf die grob gesäuberte Kiste.

Mit großen Augen sah Yannick die Schatzkiste an und Michael nahm Marlies' Hand. Jürgen hielt den Atem an, als Frau Meincke Dr. Wollenweber bat, die Kiste zu öffnen.

Vorsichtig begann Dr. Wollenweber, die Kiste zu öffnen. Das alte Schloss war nicht mehr intakt, und die Kiste öffnete sich mit einem Ruck. Serrahnwasser quoll aus der Truhe und machte den Blick auf das Innere frei. Wollenweber blickte auf eine Geldkatze aus dem 19. Jahrhundert, arg verschmutzt und verdreckt, aber ansonsten noch in einem zufriedenstellenden Zustand, und auf Werkzeug. Er nahm die Geldkatze heraus und erstarrte im gleichen Moment.

Sein Blick fiel auf einige in Folie eingeschweißte Ansichtskarten des Bergedorfer Schlosses, zwei Münzen und einen kleinen Zettel, auf dem in Schreibmaschine geschrieben stand:

„Vielen Dank für die nette Schlossführung und für die Schatzkarte. Wie Sie sehen, haben wir den Schatz in der Zwischenzeit gefunden. Damit Ihre Suche nicht vollständig ergebnislos ist, möchten wir Ihnen diese zwei Golddukaten als Finderlohn und Wiedergutmachung hinterlassen. P."

„Denkt ihr auch, was ich denke? Es passt doch alles zusammen. Dieser merkwürdige Typ von damals kaufte doch für 50 Mark Postkarten und belauschte uns. Und ein paar Jahre später wurde in das Schloss eingebrochen und unter anderem die Karte gestohlen", rief Michael ärgerlich, und Jürgen und Marlies nickten.

„Der hatte doch die ganzen Aufnahmen von der Fassade und den Fenstern von drinnen gemacht", sagten Jürgen und Marlies fast gleichzeitig.

„Wovon zum Teufel reden Sie?", rief Dr. Wollenweber ärgerlich, denn er sah sich um die Früchte seiner Ausgrabung gebracht.

In der Zwischenzeit hatte er die Geldkatze geöffnet, die allerdings nur mit Kieselsteinen gefüllt war.

Frau Meincke erzählte Dr. Wollenweber die Geschichte. Michael, Jürgen und Marlies ergänzten sie mit ihren damaligen Beobachtungen.

Dr. Wollenweber schaute ärgerlich auf den Inhalt der Kiste:

„Dann hat der Kerl, den ihr beschrieben habt, uns zweimal beklaut und ziemlich für dumm verkauft. Schaut euch einmal die beiden Golddukaten an, die der Kerl uns dagelassen hat. Die haben einen Wert von 150 Euro pro Stück. Wenn ich annehme, dass die Geldkatze gefüllt war, wären die mindestens 100.000 Euro wert gewesen, aber vielleicht hat er uns auch nur die billigsten dagelassen."

„Tut mir leid, dass wir den Schatz nicht mehr gefunden haben und wir eigentlich noch mal bestohlen wurden", sagte Frau Meincke zerknirscht.

„Einerseits sicherlich schade. Aber andersrum ist die Geschichte dann doch wahr gewesen und hat uns in unserer Kindheit dazu gebracht, sich mit der Geschichte Bergedorfs auseinanderzusetzen", sagte Jürgen und lächelte.

„Frau Meincke, hätten Sie zufällig eine Praktikantenstelle für mich? Ich habe mich aufgrund dieser Schatzsuche mehr mit der Geschichte Hamburgs und Bergedorfs beschäftigt und würde gerne ein Praktikum machen", fragte Yannick. Er hatte vorher schon mit seinem Vater und Großvater darüber gesprochen und Michael war froh darüber gewesen, dass Yannick sich um das Praktikum bemühen wollte.

„Da werden wir sicherlich etwas machen können", freute sich Frau Meincke über das Interesse von Yannick. „Komm morgen einmal mit deinen Zeugnissen vorbei, vielleicht können wir dann schon einen Praktikantenvertrag machen."

Yannick strahlte über das ganze Gesicht und freute sich auf seine künftige Arbeit im Bergedorfer Schloss.

So gab es wenigstens einen gefühlten Gewinner der Bergedorfer Schatzsuche.

Schlusswort

Der Bergedorfer Schatz wurde also tatsächlich gefunden, aber leider von der verkehrten Person (das sah der damalige Einbrecher im Schloss sicherlich anders).

Eine spätere Überprüfung ergab, dass eine kleine Firma tatsächlich beim Bau des damaligen CCB Ausschachtungsarbeiten an der Stelle durchgeführt hatte und für eine kurze Zeit Aushilfskräfte beschäftigte.

Bild CCB Bauarbeiterzelt

Zwei Aushilfsarbeiter, die stundenweise beschäftigt waren, verschwanden damals, obwohl sie noch Lohnansprüche gegenüber der Firma hatten, spurlos. Der Firma war es naturgemäß egal, aber vermutlich handelte es sich um die damaligen Schlossräuber. Die Namen und Papiere der beiden wurden von der Polizei Männer wurden überprüft und waren natürlich gefälscht. Sie gehörten zu bereits zu seit zehn Jahren verstorbenen Personen.

So endete also die Schatzsuche in Bergedorf, die 1842 während des Hamburger Brandes begann, auf einer Baustelle mitten in Bergedorf. Zwar ohne Schatz – aber mit dem Bewusstsein, in Gedanken durch das alte Bergedorf geschlendert zu sein, mit einigen Personen mitgefiebert und -gelitten zu haben und einige Kindheitserinnerungen wieder in das Gedächtnis geholt zu haben.

Quellenangaben

Wikipedia	8, 34, 36, 69
Google free	13, 44, 45, 63, 77, 78
Sub	19
Bergedorf chronik	40
Hamburger Staatsarchiv	54
Bergedorfer Schloss	68
Bergedorfer Geschichtskontor	82, 104, 105, 106, 111
Spiegel	107, 108, 109
Bergedorfer Zeitung	114, 116
Eigener Fundus	17, 21, 42, 53, 60, 61, 71, 81, 88, 91, 93, 95, 106, 111, 112,119, 124, 127, 134

Ein besonderer Dank gilt meiner Lektorin Corinna Holzheimer, die mich oftmals verfluchte und die ich sicherlich oft an den Rand der Verzweiflung brachte. Klar strukturiert und zielgerichtet brachte sie mich aber schnell wieder auf Kurs.

„Ronald, ich möchte Deine tolle Geschichte bis zum Ende begleiten" – Worte, die mich als Jungautor stolz machen.

Toll gemacht, Corinna und „Daumen hoch" für Dich und Dein Nervenkostüm. Ich habe viel von Dir gelernt und hoffe, dass wir noch einige Bücher zusammen gestalten können.

Falls jemand eine tolle Lektorin sucht – ich kann Corinna nur empfehlen

Ein weiterer Dank gilt allen Besuchern meiner Facebookseite

https://www.facebook.com/BergedorferFotosVonDamalsBisHeute

die mich durch ihre Beiträge und Bilder immer wieder zu neuen Ideen inspirieren.

Danke auch an die Buchhandlung Heymann und an die Bergedorfer Zeitung für die Unterstützung zeitgenössischer Bergedorfer Geschichte.

Bitte unterstützen Sie mich und meine Bergedorf-Seite auf Facebook mit weiteren Bildbeiträgen, die ich dann gerne der Allgemeinheit zur Verfügung stelle.

Meine bisher aufgelegten Bücher:

Malta ist nicht Malle – der etwas andere Reiseführer ISBN: 978-3-8482-2731-0

Bergedorf – das waren noch Zeiten! ISBN: 9783735774859.

Bergedorf – die Schatzsuche Teil 1! ISBN: 9783735774859.

Bergedorf – die Schatzsuche Teil 2! ISBN: 9783738608625

Alle Bücher sind im BOD-Verlag erschienen.

http://bergedorf-hartmann.jimdo.com/meine-b%C3%BCcher/bergedorf-die-schatzsuche-1-teil/

Ronald Hartmann

Ich wünsche Ihnen/Euch viel Spaß mit der „Schatzsuche".